小说

就是一本

别猜了，

素 言 著

别猜了，就是一本小说

素言 著

陕西师范大学出版总社

目录

引言

红楼梦中梦　　1

别猜了，
就是一本小说　　11

红楼之梦在何方　　33

千红一哭在红楼　　45

隐在诗词中的命和运　　57

韶华流逝有几载　　263

贾府内外众相生　　277

大观园内话乾坤　　301

史湘云：末世中的霁月光风

177

巧姐儿：繁花落尽梦无痕

187

妙玉：泥淖之中何以净

195

香菱：留不住的安稳与诗意

207

目录

木石前盟　87

金玉姻缘　97

黛玉：无处安放的咏絮才　107

宝钗：从停机德说起　117

元春：何处寻得大梦归　131

迎春：侯门中的蒲柳　141

探春：漂泊人生亦清明　151

惜春：唯愿青灯伴古佛　163

王熙凤：威权下的事更哀　221

李纨：枯槁之心何以慰　229

王夫人：孤独中的护子狂魔　239

薛姨妈：忍辱负重的母亲　249

红楼

梦中梦

引言

少时读红楼，不懂其高深与复杂，大抵是被故事与情节吸引，在一遍遍的沉溺中演绎出少女的种种情怀。

那时候哪里知道什么索引派、评点派、题咏派、考证派，只是被文字故事牵引着，读了一遍又一遍，当表面的故事被翻烂之后，就寻着草蛇灰线，试图找出其千里伏脉，于故事隐处发现未叙之事，在对话之外了解未尽之言。几十年过去了，依然是断断续续隐着的一条灰灰的线，迢迢千里伏着的一条蒙蒙的脉，单只文本就有千音万意，哪里还顾得上索引、考证。

开始只是把故事串起来，寻求其间的逻辑关系，随着理解的深入，脉络逐步清晰，人物渐次立体，每个事件的背后都藏着因，每个故事的发展都伏着果，只是因果迂回婉转，一点绕千丝，一丝牵万线，一人之命，环着数人之运，一家之安，裹着万户之福，一词含百意，一句表千情，写的人十年沥血，读的人百年呕心。

一部小说竟成了谜语，引各路高手不尽谜底滚滚来，却是落纸无痕潇潇下。文本被掷在一边，成为找不到出口的迷宫，抹去了沿途风景，只剩闯关的欢愉了。

我，小女子一枚，不懂政治，不通历史，又是俗人一个，喜聊红楼俗事，串串家长里短，扯扯七姑八姨，只把小说当故事，把故事当闲事罢了。

别猜了，

就是一本

小说

之所以提出这样一个标题，是因为很多人不拿《红楼梦》当小说读。那当什么读？当谜语，当历史，当自传，等等，就是不当小说读。

《红楼梦》从诞生之日起就是没有谜底的谜面，引得众多猜谜高手笨伯般地花式猜谜，猜出来的内容五花八门包罗万象。研究流派从索引到考证，从评点到版本，从题咏到创作，只有你想不到，没有他们说不出。研究内容从朝代更迭到宫廷政变，从皇帝到朝臣，从庙堂到青楼，把一个家族故事演绎得比春秋争霸更为跌宕起伏。夺权、篡位、谋杀，末世中堕落的男性成了盖世英豪；私通、私奔、改嫁，美化男性也就罢了，为什么要让干干净净的女儿们演奏乱世寻夫曲？就因为第一回"贾雨村风尘怀闺秀"中贾雨村写了"玉在匮中求善价，钗于奁内待时飞"，渴望成功的贾雨村自己都不知道，原来远处有一个三岁的薛宝钗正求嫁于他呢。"钗"是什么？薛宝钗！"时飞"不就是贾雨村的字吗？所以薛宝钗跟贾雨村是有姻缘的。第十四至十五回，宁府为秦可卿送葬途中，贾宝玉路谒北静王，北静王给了他一串脊苓香串，宝玉认为世界上最好的东西都应给林妹妹，所以转手给了林黛玉，但黛玉随手扔了，还说"什么臭男人拿过的！我不要他"，就让北静王爱上了林黛玉。第三十一回回目的后半句是"因麒麟伏白首双星"，原来有金的不只薛宝钗，还有史湘云呢，宝钗有金锁，史湘云有金麒麟，金玉姻缘原来是三个人的纠葛，于是就让落魄中的史湘云嫁了落魄中的贾宝玉。难道都忘了《红楼梦》曲中所唱的"都道是金玉良姻，俺只念木石前盟。空对着，山中高士晶莹雪。终不忘，世外仙姝寂寞林"吗？这里哪有贾雨村，哪有北静王，又哪里来的史湘云？把末世悲剧演绎成乱世情缘也不是这样的玩法。

红楼梦有五千多个单字，前八十回有六十多万字，以这种方式猜谜的话，每个人都能找到支撑自己想法的文字和事件，自然是想怎么猜就怎么猜。

有当历史读的，我想问一句，您能保证历史记载都是全面客观的吗？历史是人记录的，避免不了人的主观性，不是恶意歪曲，只需笔头一偏，就可能改变其本来模样，敢拿一本非历史小说当历史读，真真是拿历史当儿戏了。自传呢？如果是自传，曹雪芹无疑是贾宝玉了，别的不说，只说曹雪芹的长相。据清朝裕瑞记载，曹雪芹"其人身胖头广而色黑"，就是长得身胖、头大、脸黑。宝玉呢？宝黛第一次见面时，作者对他的外貌进行了描述："面若中秋之月，色如春晓之花，鬓若刀裁，眉如墨画，脸似桃瓣，睛若秋波。"这种描述很抽象。书中对另一人也是这种抽象描述，说林黛玉"秉绝代姿容，具稀世俊美"：

颦儿才貌世应希，
　独抱幽芳出绣闺。
　　呜咽一声犹未了，
　　　落花满地鸟
　　　　　惊
　　　　　　飞。

这样写的好处是你可以任意想象，你认为什么样是美就可以想象成什么样，按你的意愿来想象，总会长在你的审美上。

一个似乎并不是很好看的黑壮胖子与一个无论如何都长在你审美上

的人，能否合并成一个人？连长相都做这样大的改变，里面的故事、人物，您敢信吗？

《红楼梦》是一本小说，它只是一本小说，再伟大也是一本小说。

小说是什么？彼时之小说与现在之小说具有不同的意义。唐代《隋书·经籍志》言："小说者，街谈巷语也。"《史通》说："街谈巷议，时有可观，小说厄言，犹贤于已。故好事君子，无所弃诸。"鲁迅曰："乃谓琐屑之言，非道术所在，与后来所谓小说者固不同。"小说，始于民间口口相传，是使人愉悦的街谈巷议、道听途说，是娱乐项目，听的是热闹，看的是八卦，要的是新奇，谈不上文学修养，也不追求高雅脱俗。

写小说的是什么人？《汉书·艺文志》有明确表述："小说家者流，盖出于稗官，街谈巷语，道听涂说者之所造也。孔子曰：'虽小道，必有可观者焉，致远恐泥，是以君子弗为也。'然亦弗灭也。闾里小知者之所及，亦使缀而不忘。"那个时代，写小说是稗官所为。我们可以想象这样的画面：一群乡镇的稗官走街串巷，走东家串西家，看看下棋的，听听聊天的，围观一下打架的，然后把这些事情记录下来，上报朝廷。这不是贵族文人做的雅事。想想看：古代有哪个成功人士写过小说？有哪个贵族子弟无愧无羞地说我在读小说？看看名著的作者，写了《水浒传》的施耐庵是张士诚军师，写了《三国演义》的罗贯中和写了《西游记》的吴承恩出自商人家庭，写了《儒林外史》的吴敬梓是无心科考的潦倒文人，他们在当时都没有多高的社会地位。

曹雪芹是贵族，虽然没落了，没落到举家食粥、病而无医的境地，但依然是贵族。生活在封建社会，不读经不科考，无意做官，置家族传承、振兴于不顾，把一本小说披阅十载，增删五次，不说大逆不道，也绝不是忠孝之举。为了遮一遮作者的本心，减一减惭愧之情，设置千绕万转的迷宫，故弄玄虚卖点关子，告诉读者：我这可不是街谈巷议、道听途说、闲谈八卦，里面有深故事，至于多深，看您的学识智慧了。有趣吧？原来是皇帝新衣的玩法呢。

《红楼梦》是小说，身为儒生，读红楼大致相当于宝黛偷偷读西厢，不能大白于天下，但这样好看的书又不可不读，读完又不能不与人交流，但让人知道自己在读一本难登大雅之堂的小说，实在有失身份。于是，让俗事雅起来，能够减轻羞耻之心、惭愧之情的最好方法便是挖出其隐含的深刻含义，这正好契合了作者的心理。作者以高深的名义写俗，读者以脱俗的名义读俗，家庭矛盾演变成宫廷政变，家族兴旺引申为复国强业，在作者与读者的共同努力下，一本在封建社会被定义为街谈巷语、道听途说的通俗小说便成了有高深学问、有政治内涵的高雅之作。

曹公把读者引入迷局，没有明确路线，没有指明出口，却给人留下无数个出口，给想象留出无限空间。读者也没辜负曹公的一片苦心，真真种出个百花齐放，唱出个百家争鸣，扯进来想扯的人物，编出来想编的故事，说是红楼帝国也不为过。不得不感叹，雪芹先生真乃高人，以一本小说引万家开笔。

引人入局当然要在开篇，否则读者走远了带不回来如何是好？于是开卷即云风尘怀闺秀，告诉你，本书的主题是闺友闺情，不怨世不骂时。即使涉及世态，也是作为背景出现的，读者千万谨记。好的，不涉朝廷，只谈闺友闺情，可为什么要如此强调呢？您是说了还是没说？难道您不知道人们一定会在"此地无银"的牌子下面深挖洞吗？如果没有这些说法我们就当小说看了，可这几句既出那还是单纯的小说吗？不挖出点影射事件来只能显得读者无知无才，更是对作者的藐视了，于是两百多年来无数聪明人的创造式猜谜从未中断，衍生出的文字数量、故事版本早已超过小说本体了。

只是，《红楼梦》诞生两百多年后的今天，写小说是雅事，小说家更是备受世人尊崇，而《红楼梦》已在小说界立了一座丰碑，至今无人超越。

曹公，您是不是可以自豪且得意地告诉我们：别猜了，就是一本小说。

当然，这不是一本普通意义上的小说，是一部警世之书，始于欲念唤醒，终于欲念落空，归于白茫茫一片真干净的无得无失之境。

小说明里暗里警示着人们：欲念不可有，执念不可有，贪念不可有。作者深知普通意义上的道理已不能唤醒局中人，只能以生命来敲警钟了。在贾府最耀眼的时刻到来之前，也就是元春省亲之前，作者有过三次警告。

第一次：以美戒美，以美止美。

女娲炼了三万六千五百零一块石头，用了三万六千五百块补天，剩了一块弃在青埂峰下。无情无欲的顽石经女娲之手有了灵性，有了欲望，看其他石头都去补天，唯独自己无材不堪入选，遂自怨自叹，日夜悲号惭愧。如果所有的石头都没有发生变化，即没有被点醒，或者是被点醒了，但都没去补天，石头还会不会日夜哀号？还是别的石头都去补天，只有它被弃在青埂峰下才会这样日夜哀号？

有了灵性之后，偏有一僧一道来蛊惑，在石头面前说起红尘中的荣华富贵，石头动心了，便求着要到尘世间去。僧、道也是有趣，做了诱惑者之后又警告石头：那红尘中的乐事不能永远依恃，况又有"美中不足，好事多魔"八个字紧相连属，所谓乐极悲生，人非物换，究竟是到头一梦，万境归空。但石头凡心已炽，欲望已燃，哪里听得进这话去，乃复苦求再四。一僧一道便答应带石头到昌明隆盛之邦、诗礼簪缨之族、花柳繁华地、温柔富贵乡去安身乐业。

当然，欲念一旦被唤醒，便很难消除。红尘中的繁华情色极具魅惑，石头坠入其间不能自拔。

第五回，贾母带荣府的人到宁府做客，宝玉要休息的时候，被秦可卿带到上房，内有对联：

> 世事洞明皆学问，
> 人情练达即文章。

这种世俗的智慧，直接把宝玉劝退，他喊着快出去，遂到了秦氏的卧房看到诱人的对联：

> 嫩寒锁梦因春冷，
>
> 芳气笼人是酒香。

忙说："这里好！"当然了，脂批都说：艳极，淫极！

同抓周抓的是脂粉钗环一样，宝玉的性情表露无遗。秦氏的卧室不只有对联，还有飞燕舞过的金盘，安禄山掷过伤了太真乳的木瓜，又有秦可卿亲自展开的西子浣过的沙衾，移了红娘抱过的鸳枕。宝玉就在这种暧昧的氛围中入睡了。

睡梦中贾宝玉的经历体现了人性的弱点。他被秦可卿引着到了太虚幻境，首先看到的是对联：

> 假作真时真亦假，
>
> 无为有处有还无。

但是他直接变路人。当然，对一个十一岁的孩子讲真、假、有、无的境界确实难为人。紧接着又看到的对联是：

> 厚地高天，堪叹古今情不尽；
>
> 痴男怨女，可怜风月债难偿。

宝玉感慨何为"古今之情"，何为"风月之债"，于是招了邪魔入膏肓却不自知。他对真、假无兴趣，所以无感，但对情，对风月，对风月债好奇，所以有疑问，有了疑问便中魔至深。

接着，他又看到：

春恨秋悲皆自惹，
花容月貌为谁妍。

他只是感叹，却没有想到自身；他只是欣赏着花容月貌，却没有意识到春恨秋悲皆与他有关。

之后在仙姑的引导下，宝玉看了十二钗正册、副册的命运，当然看到了"玉带林中挂，金簪雪里埋"，但他身处其中却丝毫没有感悟，不知道他的一生与此相关。

有时候我们对自己的命运也不是一无所知，我们会捕捉到一些征兆，但有时是我们不愿承认，有时是不能承认，有时虽然承认却也无能为力，而大多时候我们真的是一无所知。

命运的信息就在这里，你没有分析信息的能力，便成了无效信息。当然你可以说因为信息不完全，但人生是需要经历和智慧的，否则有了信息也没有能力处理。

当对联、判词都没有唤醒宝玉的时候，仙姑决定让他"历饮馔声色之幻"，即在吃喝玩乐中唤醒梦中人。此法有趣，神仙到底眷顾神仙，别人是以命来警醒贾府人，却让宝玉在"饮馔声色"中自我醒悟。于是他闻到了"群芳髓"，喝到了"千红一窟"，他的反应是"点头称赏"，没有意识到群芳髓中的"髓"是"粉碎"的"碎"，千红一窟中的"窟"是"哭泣"的"哭"，那是他姐妹们的泪、血甚至生命，这样点头称赏是不是极具讽刺意味又极为可悲？

之后在仙姑的引领下又看《红楼梦》歌舞，当看到"都道是金玉良姻，俺只念木石前盟。空对着，山中高士晶莹雪。终不忘，世外仙姝寂寞林"时，他的反应是无趣。这跟他在第三十六回梦中喊出的"和尚道士的话如何信得！什么是金玉姻缘，我偏说是木石姻缘！"一样，是他的爱情宣言，这是他自己喊出来的对于金玉姻缘的抗争和对木石姻缘的维护，此时他却一无所知。

就像我们回望曾经走过的路，回想过往的事，我们会感慨当时的幼稚与可笑，甚至对曾经的过失耿耿于怀，当然，也会得意一下当时的聪明，但当我们展望未来的时候，真的是一片茫然。就像贾宝玉站在这里，看到的是不久之后发生在他身上的事情，此时他却毫无觉察，所以警幻仙姑说"痴儿竟尚未悟"。

于是开始了对贾宝玉的引导，告诉宝玉他是情迷至深变为情痴，情痴至深又变为意淫。所谓的意淫，区别于"淫"。"意淫"唯心会而不可口传，可神通而不可语达，在闺阁中是好友，却见弃于世道。于是她要救赎宝玉，便"醉以灵酒，沁以仙茗，警以妙曲"，并将"名兼美"字可卿者，许配于汝。"今夕良时，即可成姻。不过令汝领略此仙闺幻境之风光尚如此，何况尘境之情哉"，目的是让他"改悟前情，留意于孔孟之间，委身于经济之道"。先正心，再修身，然后齐家、治国，这是贾家祖上的嘱托，也是家族给贾宝玉的责任。一番嘱托之后，宝玉与可卿领略旖旎风光，正在游玩之时碰到了狼群，遂跌入深渊。

这种以美戒美，以美止美的做法，是以更美好来忘却美好，以兼具黛玉和宝钗之美的可卿让宝玉知道，黛玉、宝钗算什么，有更美的在此，忘记那俩土姐。而欲念带来的是深渊，是毁灭，只有止欲，方可生还。这种法子虽然有趣，却无效，宝玉记住的是旖旎，忘却的是深渊，此警告效果不佳，倒是勾起了宝玉与袭人现实中的云雨情。

第二次：以淫戒淫，以命殉淫。

作者给贾瑞的定义是，其乃一个最图便宜没行止之人，也就是说，是个行止猥琐的人。贾瑞父母早亡，只有他祖父代儒教养。代儒素日教训最严，不许贾瑞多走一步，生怕他在外吃酒赌钱，有误学业。这样成长起来的孩子通常被囿于家中的方寸之地，较少有社会交往，没见过什么世面，所以一见凤姐就沦陷了。凤姐长得很漂亮，是"粉面含春威不露，丹唇未启笑先闻"，贾瑞没有能力分辨人的复杂性，他只看到了含春的粉面和未启的丹唇，听到的是笑声，看不到隐在背后的威，他的沦陷应该是被凤姐的美貌吸引，陷入其间不能自拔。凤姐的万般挑逗百般捉弄，让他以为凤姐对他有情，当凤姐约他见面时，他没有怀疑凤姐的诚意，直到他腊月间在外面冻了两宿，遭到贾蓉、贾蔷捉弄并被逼写下五十两银子的欠条。贾瑞被逼进绝路，有挥不去的相思之苦，有被捉弄的羞恨，有无力还债的财务危机，于是病了，病入膏肓。这时候来了跛足道人，给了他一面镜子，上有"风月宝鉴"四个字，说是警幻仙子所制，专治邪思妄动之症，有济世保生之功，并嘱咐他千万不可照正面，只能照背面。道士走后，贾瑞开始照镜子，反面是骷髅立在里面，好奇之下看了正面，好奇不仅害死猫，亦引得欲念深重的贾瑞走进死亡之谷——

镜子正面是凤姐站在里面招手叫他。贾瑞抗拒不了凤姐的诱惑，一次又一次进镜子，三四次后便被两人用铁锁套住，拉了就走，临走时贾瑞说："让我拿了镜子再走！"

这就是贾瑞，临走时都没忘镜中的凤姐，到死都没有摆脱情欲的诱惑，所以即便不是凤姐，也会有其他人使贾瑞毁在色、情、欲上。

贾瑞死后，家人要烧镜子，只听镜内哭道："谁叫你们瞧正面了！你们自己以假为真，何苦来烧我。"所谓"好知青冢骷髅骨，就是红楼掩面人"，美人在前，有谁去计较她是不是会化成骷髅骨？丑为真，却使人痛苦；美为假，却使人愉悦。所谓"身后有余忘缩手，眼前无路想回头"，贾瑞无法化解的欲念亦是世人的执念。不撞南墙而回头，不入深渊而止步，是洒脱，是通达，是智慧，有几个人能做到呢？贾瑞去世后，除了风风火火办完丧事，别无他言。贾瑞之死除了给人添些谈资外，并未引起警觉，贾家的男性们依然堕落着。

第二次警告无效。

第三次：以命戒情。

秦钟是男女通吃的"情种"，他一出场就抓住所有人的眼睛，美色至少是他行走贾家的利器之一，但美色诱人更伤人，在得到贾家庇护的同时，秦钟亦在贾家堕落。在姐姐的葬礼上得趣馒头庵，真是将色欲引到了佛家清静地。死前劝宝玉："以前你我见识自为高过世人，我今日才知自误了。以后还该立志功名，以荣耀显达为是。"这句话出自秦钟之口极为反常，反常之语更应该引起人的警觉，尤其还来自知音好友，但是欲念已深，怎会深思，更不要说放下执念。当然，执念如果能放下就不是执念了。别人的经历再悲惨也只是故事，不发生在自己身上终究不会触动灵魂，秦钟的逝去令"宝玉日日思慕感悼，然亦无可如何了"，何曾想到自身？

秦可卿是孤儿，被无儿无女的秦业从育婴堂抱回抚养，"长大时，生得形容袅娜，性格风流"。"风流"一词有讲究，贾府无论男女，长相风流的有不少人，"黛玉有一段自然的风流态度"，晴雯是"风流灵巧招人怨"，秦钟"举止风流，似在宝玉之上"，贾蔷比贾蓉生得还风流俊俏，水溶也是生得才貌双全，风流潇洒，尤三姐是风流标致，但性格风流的唯有秦可卿一人。那么，性格风流的秦可卿到底是什么样的人呢？请看她的判词：

情 天情海 幻 情身，
情既相逢必 主淫。

漫言不肖皆荣出，
造衅开端实在 宁。

判词中出现"情"和"淫"字样的也只此一家。当然不能说她以一己之力毁了贾府，但她所代表的情和欲是贾府衰败的根由。

她的淫与宝玉的意淫不同，意淫是可以做闺中密友的，可以让他陪你逛街，帮你拎包，给你化妆，他还乐在其中。而淫则不同，警幻仙子说："好色即淫，知情更淫。是以巫山之会，云雨之欢，皆由既悦其色、复恋其情所致也。"秦氏的情、色、淫融为一体。

宝玉整天混在女孩儿堆里众人皆知，但秦氏的淫却只在卧室显现，众人面前她是温柔和平的典范。贾母等人到宁府做客，宝玉累了要休息，贾母很放心地把宝玉交给秦氏安置，哪想到秦氏可没有"七岁不同席，不同食"的规矩，将这个小叔叔安置在了自己房间。在这种暧昧的氛围中，宝玉的情欲就在有情有貌、性格风流的秦可卿面前萌动了，他带着欲念入睡，一个十一岁的孩子就这样被带偏了。

焦大所骂的，"那里承望到如今生下这些畜牲来！每日家偷狗戏鸡，爬灰的爬灰，养小叔子的养小叔子"，直指贾珍和秦氏。这一事件中，读者通常指责贾珍，同情秦氏，认为一个弱女子哪里有力量反抗。但是我们看到贾宝玉，这样一个纯真孩子都沦落了，秦氏真的无辜吗？

秦可卿对应的《红楼梦》曲是〔好事终〕：

> 画梁春尽落香尘。
> 擅风情，秉月貌，便是败家的根本。
> 箕裘颓堕皆从敬，家事消亡首罪宁。
> 宿孽总因情。

《红楼梦》中不乏美貌女子，但秦氏的容貌依然出挑。第七回，周瑞家的看到香菱，拉着她的手说："倒好个模样儿，竟有些像咱们东府里蓉大奶奶的品格儿。"尤氏对贾蓉说："你再要娶这么一个媳妇，这么个模样儿、这么个性情的人儿，打着灯笼也没地方找去。"有美貌又擅风情的秦可卿，偏偏是"香尘陨落""悬梁自缢在高楼大厦"。秦氏的情不知归了何处，贾氏父子的故事却更加精彩，这父子俩有意思，对秦氏有爬灰之行。柳湘莲说宁府"除了那两个石头狮子干净，只怕连猫儿狗儿都不干净"，算不得夸张。

秦钟也是惊艳着进了贾府。宝玉与秦钟第一次见面，宝玉觉得秦钟人品出众却生于寒薄之家，自己虽生得尊贵，却是荼毒了富贵；秦钟恨自己生于清寒之家，因有贫富之限，二人不能亲近。二人的相见恨晚直逼宝黛，这样暧昧的表述虽觉美好，却不敢深究。秦氏姐弟以美色和风情挑动着贾府男性的神经，难怪"擅风情，秉月貌，便是败家的根本"出现在秦可卿的判词中。

无论判词还是《红楼梦》曲，对秦可卿的描述并不美好，但不妨碍她成为贾府媳妇的典范，书中夸媳妇的时候不多，而对秦可卿的称赞却是不绝于耳。秦可卿是贾母眼中"极妥当的人，生得袅娜纤巧，行事又温柔和平，乃重孙媳中第一个得意之人"。尤氏说"那个亲戚，那个一家的长辈不喜欢他"。王熙凤并不容易和谁亲近，却和秦氏厚密。贾宝玉认为女儿才是干净的，而女人个个是坏的，但秦氏之死却好像在他心中戳了一刀，直奔出一口血来。秦氏去世时，"那长一辈的想他素日孝顺，平一辈的想他素日和睦亲密，下一辈的想他素日慈爱，以及家中仆从老小想他素日怜贫惜贱，慈老爱幼之恩，莫不悲嚎痛哭者"。

人见人爱的秦可卿似乎与败家的根本并无关联，但"宿孽总因情"，她脱不了干系，宝玉在她卧室的意乱情迷不是偶然，贾珍在她死后的表现也不像是虚情以待，只是这乱伦之情实属乱家之根。群童闹学堂由色相之争而引起，可见贾府的混乱已不分老幼。而贾瑞之于凤姐，贾赦之于鸳鸯，贾琏之于鲍二家的、多姑娘儿及尤二姐等，竟被贾府的家规家法视为合理的存在。王熙凤过生日，贾琏与鲍二家的偷情，贾母知道后说："什么要紧的事。小孩子年轻，馋嘴猫儿似的，那里保得住不这么着。"且把不是揽在自己身上，对贾琏并无十分责备。宝玉、柳湘莲、蒋玉涵等之间的关系不可言表。薛蟠薛大傻子不属于上品，不缺钱的人不带他玩，只能以钱买色或是依势夺色，但也属于最不受约束的一个人，做起事情来无底线，以致闹出人命。这样一个人却被贾府子弟引诱得比当日更坏了十倍，贾府男性之堕落还有底线吗？

说秦可卿是败家的根由，是情欲在宁府的泛滥加剧了贾府男性的堕落，而贾敬，这个宁府的家长，自是烧汞炼丹，于府中诸事毫不挂心，任子孙陷入情欲深渊不能自拔，箕裘颓堕之下，宁府焉能不衰败，贾府焉能不衰败。

秦可卿之死有着更为深远的寓意。秦可卿这个情的化身，是育婴堂的孤儿，来无踪，意味着情无来处，亦无归处，却可搅得天昏地暗，而毁灭亦在这天昏地暗之中。她与贾珍之事连焦大这样的外围奴仆都没瞒过，合府上下应该无人不晓，至少有风闻，但在贾母眼中却"乃重孙媳中第一个得意之人"。面对家族秩序无存、道德伦理尽丧，贾母是真的无知无觉，还是只能无知无觉？

但这个情欲的堕落者，却是家族第一个警醒者，她要警醒的不是某个人，她要救赎整个贾府，至少保下败落后的安稳。她也知道救无可救，所谓月满则亏，水满则溢，登高必跌重，死前对凤姐言："否极泰来，荣辱自古周而复始，岂人力能可常保的。但如今能于荣时筹画下将来衰时的世业，亦可谓常保永全了。"遗憾的是，王熙凤陶醉于秦氏之死带来的权力和元春封妃带来的家族荣耀，把秦氏之言真真只当成梦中之语了。

秦可卿、贾瑞、秦钟三人均在元春省亲前逝去，用生命换来的警示却没有引起人们的关注。之后的狂欢淹没了对生命的哀叹，贾府在"烈火烹油，鲜花着锦之盛"中一步步走入衰败。

大厦将倾，众儿女"好一似食尽鸟投林"，各自命运各自安吧。

红楼之梦 ✽

在何方

红楼一书，书名甚多，《红楼梦》《石头记》《金陵十二钗》《风月宝鉴》《情僧录》都曾出现。甲戌本《脂砚斋重评石头记·凡例》这样写道："是书题名极多，《红楼梦》是总其全部之名也。又曰《风月宝鉴》，是戒妄动风月之情。又曰《石头记》，是自譬石头所记之事也。此三名皆书中曾已点睛矣。如宝玉作梦，梦中有曲，名曰《红楼梦十二支》。此则《红楼梦》之点睛。又如贾瑞病，跛道人持一镜来，上面即錾'风月宝鉴'四字。此则《风月宝鉴》之点睛。又如道人亲眼见石上大书一篇故事，则系石头所记之往来。此则《石头记》之点睛处。然此书又名曰《金陵十二钗》，审其名，则必系金陵十二女子也。然通部细搜检去，上中下女子岂止十二人哉？若云其中自有十二个，则又未尝指明白系某某。及至'红楼梦'一回中，亦曾翻出金陵十二钗之簿籍，又有十二支曲可考。"

"《红楼梦》是总其全部之名也。"既是总要，"红楼"二字含义便须深究。

在中国文化中，"红楼"一词的联觉极为有趣。穷人家的"茅椽蓬牖，瓦灶绳床"撑不起灵石的豪华凡间游，住在红楼才能生出富贵梦。"红楼富家女，金缕绣罗襦""红楼晚归，看足柳昏花暝""人散曲终红楼静，半墙残月摇花影""花外红楼，当时青鬓颜如玉""红楼缥缈光风里，熙熙和气欢声""碧瓦小红楼，芳草江南岸""红楼斜倚连溪曲，楼前溪水凝寒玉""红楼横落日，萧郎去、几度碧云飞""璧月小红楼，听得吹箫忆旧游""红楼贮飞琼，夜夜令人忆""画阁红楼宫女笑，玉箫金管路人愁""曲终似要君王宠，回望红楼不敢嘶""红楼翠殿，景美天佳，都奉俺无愁天子，笑语喧哗"，这里的"红楼"是富贵之家，是财富托起的闲情逸致，是弄琴赏月拾花观霞之地，虽也是尘世间，却是一个屏蔽掉人间烟火，无柴米油盐之忧，无学业仕途之虑，只有风花雪月的尘世间。

除了道不尽的繁华奢靡，还有诉不尽的相思缠绵。"红楼别夜堪惆怅，香灯半卷流苏帐""红楼昨夜相将饮，月近珠帘花近枕""闲掩红楼睡""小舟横截春江，卧看翠壁红楼起""试上小红楼"，这里的"红楼"是相思之地。无论是雨打梧桐还是秋卷残叶，要斜倚朱栏才能生出相思苦，如果倚的是柴门，生的多半是盐米愁。红楼里的相思没有尘世烟火，只有秋水长波情来情往，是浮游在空中的云霞，是流淌在书卷里的诗意。

富贵缠绵之地怎可少得了风月事，红楼亦是青楼，"二卿有此才貌，误落风尘，翠馆红楼，终非结局，竹篱茅舍，及早抽身""当时红楼中有某校书尤艳"，这里的"红楼"连上了青楼。作者是否有此隐意不得而知，但贾家男人实在难以脱离此地，这里至少是社交场所之一，宝玉也曾在这里出现过。以贾府其他男人的行径来看，他们出入此地的频率比宝玉只多不少，青楼成了贾府男人的社交场所。至于府内如何，不敢妄言，但"爬灰的爬灰，养小叔子的养小叔子"，"你们东府里除了那两个石头狮子干净，只怕连猫儿狗儿都不干净"，也是断了贾府，同时也是宁府的清白。

富与贵、情与欲是人生所求，当这种追求失去了节制，失去了理的约束，人便步入堕落的深渊，富贵荣华如梦境般轰然坍塌。红楼一梦自然无常，"究竟是到头一梦，万境归空"。

《石头记》记录一块本是无情无感、无知无觉的石头的梦幻之旅，于内容明示暗示皆无，是偷懒的做法，却也含义明确，无论如何跌宕起伏的故事，皆是一块被触发灵性与欲望的石头的入世之旅、离尘之路，虽身为主角，终究是过客。来了，为所求之物；走了，为不可得之物。又来了，为求失去之物；又走了，为得到又失去之物。世人皆是如此，在欲望得失之间徘徊、奔波，无论释怀与否，终归于尘土。也许有块石头，或有字或无字或有名或无名，立于某个土馒头旁边，赚后人一把眼泪罢了。

《金陵十二钗》也许是作者初衷，写写行止见识皆不在作者之下的女子。十二是虚数，书中就不止十二个女子，何况天下。作者有趣，对男性的嘲讽似乎没停过，或是想通过男性的蠢来体现女性的慧，或是用女性的雅衬托男性的俗。第十六回，贾琏接黛玉从苏州回贾府，熙凤见房内无外人，便笑道："国舅老爷大喜！国舅老爷一路风尘辛苦。小的听见昨日的头起报马来报，说今日大驾归府，略预备了一杯水酒掸尘，不知可赐光谬领否？"不识字的王熙凤言语风趣又娇俏，把元春封妃的消息与丈夫回家的喜悦三言两语尽数道出，听者如沐春风如饮甘醇，而贾琏笑道："岂敢岂敢，多承多承。"批书人都看不下去了，挥笔给一侧批："蠢才，蠢才！"第三十七回，探春写给宝玉的花笺："若蒙棹雪而来，妹则扫花以待。"再看贾芸送宝玉海棠花写的："大人若视男如亲男一般，便留下赏玩。"批书人说："思之则喷饭"。第六十二回，宝、黛夸探春管家管得好时，黛玉说："要这样才好。咱们家里也太花费了。我虽不管事，心里每常闲了，替你们一算计，出的多进的少，如今若不省俭，必致后手不接。"宝玉笑道："凭他怎么后手不接，也短不了咱们两个人的。"见识胸怀高低立现，宝玉怎能不惭愧。还有王熙凤与王仁、邢岫烟与邢大舅、薛宝钗与薛蟠等都是出自一家，却有天壤之别、云泥之殊。

但这些聪明灵秀、纯净美好的女子，在末世的萧条、男性的沉沦中陨灭，其悲剧不是源于个人能力或性格特征，而是源于社会规定下女性角色的弱势，男性对女性的定位以及女性的自我认知。当女性成为男性堕落的工具和目标的时候，也就成为男性堕落的尽头，男性在堕落中毁灭女性，最终毁灭自己。

《风月宝鉴》以坠入欲望不能自拔，最后死于放纵的三个人来规劝众生，而同样沉迷至深的人却毫无警觉。秦钟去世前，宝玉垂泪道："有什么话留下两句。"秦钟道："并无别话。以前你我见识自为高过世人，我今日才知自误了。以后还该立志功名，以荣耀显达为是。"此言出自秦钟之口让人惊讶，但反常之语更引人注目、诱人深思，面对秦钟以生命换来的醒悟，宝玉并无知觉。秦可卿担心贾府"赫赫扬扬，已将百载，一日倘或乐极悲生，若应了那句'树倒猢狲散'的俗语，岂不虚称了一世的诗书旧族了！"临终嘱托凤姐"于荣时筹画下将来衰时的世业，亦可谓常保永全了"，凤姐听了此话，心胸大快，对秦氏生出敬畏之感，说明凤姐亦觉察出贾府危机，但听说贾府有"烈火烹油，鲜花着锦之盛"时，更关心"有何喜事"，将秦可卿所托两件未妥之事弃之脑后。这个贾府当家之人，这个最应觉察贾府危机并应有所作为的管家，迷失在贾府盛事之中，同男性一起堕落，一起毁灭女性，最终亦被男性毁灭。贾瑞在放纵与克制间的挣扎也是生与死的抉择，只是他深陷欲念之泥淖不能自拔，永远失去生的机会。

专治"冤业之症"的风月宝鉴中美好的诱惑是假象，恐怖的现实是真相，能够克制贪欲，面对残酷，就能找到生门，但人性中自带短期趋利器，美好的、唾手可得的假，比残酷的、艰难获取的真更有魅力。于是，放弃真而抓住假，也就放弃了生，在对虚幻欲望的追求中，坠入死的深渊。

空空道人从大荒山无稽崖青埂峰下经过，见一大石记载着无材补天、幻形入世，又在红尘中历尽离合悲欢、炎凉世态，生了情又失了情的石头所历之事。本来要去的是"昌明隆盛之邦，诗礼簪缨之族，花柳繁华地，温柔富贵乡"，结果发现"投胎之处是堕落之乡"，果然欲望的终点不是美好。空空道人与石头一起体验了充满欲望的红尘之旅，又目睹了最终的万境归空，遂因空见色，由色生情，传情入色，自色悟空，改《石头记》为《情僧录》。一块无知无欲的石头，经女娲之手有了灵性，却又无处施展，便有了郁悒之心，在僧道的蛊惑下坠入诱惑更多的红尘，于是有了情，有了欲，却是情不可得，欲不能求，只有割情舍欲，离尘为僧。只是情难弃，欲难舍，这为僧之道又该如何？

一书多名，也是不同阶段看《红楼梦》的焦点所在。儿时看到的是《金陵十二钗》，更多关注女孩子的爱情故事；少时看到了《石头记》，对一块石头从慕荣华富贵到弃尘世羁绊的开悟旅程感兴趣；成年后才理解了《风月宝鉴》以情制欲的含义，欲乃天性，既是天性为何要制，不制的结果又如何？以生命的逝去演给你看，一个个生命的逝去唤起的是慧者之悟，不悟之人只有毁灭。《情僧录》似乎一直懂，又似乎没懂，不知道离尘遁世是绝望还是超然。情痴为僧，心境能否落个白茫茫真干净？是把情埋在心灵深处，以僧的身份而生，以痴的心境而活，抑或是把红楼过往当成一场梦，时时回望一下，以慰枯槁之心？

千红一哭

在红楼

红楼梦是悲剧，是末世悲剧，更是女性的悲剧。

《红楼梦》开篇即有"朝代年纪，地舆邦国，却反失落无考"，既不知何时，也不知何地，只知道是一个发生在末世的故事。末世，是朝代的衰亡期、家族的没落期，生长于末世的个人大概率摆脱不了悲剧命运。

小说含蓄隐晦，极少有明确表述，借三个颇具才能之人道出末世说：攀上贾家的贾雨村、嫁入贾家的王熙凤、生在贾家的贾探春。末世亦是乱世，贾雨村趁乱作恶，王熙凤趁乱获利，只有探春有救世之心，却已是无力回天。

贾雨村"原系湖州人氏，也是诗书仕宦之族，因他生于末世，父母祖宗根基已尽，人口衰丧，只剩得他一身一口"。比起贾府男性，贾雨村还有些读书求功名之心，只是他读书的本意不在元元（黎民百姓），而在于对"天上一轮才捧出，人间万姓仰头看"的仰慕和渴望，既没有先天下之忧而忧的家国情怀，也没有大丈夫乱世而立的英雄气概；虽也立心立命，却是为家宅，为后宅，为私利，他的"求善价，待时飞"与国无关，与民无碍，只关乎个人的飞黄腾达，在世事沉浮中抓根稻草以期走得更远。当目标设定得自私且猥琐时，选取的路径自然不会光彩。他谋进林家做了西宾，通过林如海靠上贾家，贾政为他轻易谋得知府之职，上任后的第一件事就是置恩人的女儿香菱于不顾，任其落入呆霸王之手。之后，为贾家大爷贾赦夺取扇子，"弄得人（石呆子）坑家败业"。用平儿的话说，"认了不到十年，生了多少事出来"，生出来的事，自然不限于贾家。这种助纣为虐、为虎作伥、仗势欺人之举形成的权力链条，使上层官员的贪欲直接威胁到底层民众的生存，激发了社会矛盾，加剧了家族的衰败。

而没有精神追求的贾府男性陶醉于生理性需求的泥潭不能自拔。在"一味好道，只爱烧丹炼汞，余者一概不在心上"的贾敬放任下，贾珍是"一味高乐不了，把宁国府竟翻了过来，也没有敢来管他的人"。秦可卿去世，不见她夫君贾蓉难过，不见婆婆尤氏伤心，却把贾珍悲痛得恨不能代秦氏去死，他关于办理秦氏葬礼的那一句"如何料理，不过尽我所有罢了"，尽失人伦，为儿媳办丧事用了义忠亲王老千岁的棺木更是辩无可辩。批书者很是愤怒："为媳妇是非礼之谈，父母又将何以待之？"很快就有了答案，我们看到贾珍、贾蓉父子在贾敬丧事期间调戏尤氏姐妹。背离人伦？那是别人的看法，贾府不存在人伦。贾琏在服孝期娶了尤二姐，更是把人伦规范掷于脚下。

虽说"造衅开端实在宁"，但荣府的男人们也难辞其咎。作为荣府长子的贾赦袭了官，却也不见做了什么正事，讨鸳鸯不成又八百两银子买了十七岁的嫣红，后又把十七岁的秋桐给了贾琏做妾，为了要几把古扇把石呆子整得不知死活。赖着祖荫"升了员外郎"的贾政，"公私冗杂，且素性潇洒，不以俗务为要，每公暇之时，不过看书着棋而已，余事多不介意"。眼里心中哪有齐家之事，竟命贾环、宝玉、贾兰等人跟着天天宰猪割羊、屠鹅戮鸭的贾珍习射，任这些背离了所谓家规家训的世家子弟在奢靡沉沦中腐朽下去。

不肯读书的贾琏虽无大恶，却是无知无能，混迹于各色女人怀中，真真是于家无利，于国无望。贾环的行为处世以及骨子里透出来的猥琐，使人想到贾家败落后的子孙样貌，败落迹象已明，贾府危矣。而宝玉，那个"如珍似宝"在运终数尽的贾府唯其一人略可望成的宝玉，最高理想不过是想醉死在女孩儿的温柔乡中。第三十四回，宝玉挨打，众姐妹悲切心疼，宝玉心中自思："我不过挨了几下打，他们一个个就有这些怜惜悲感之态露出，令人可玩可观，可怜可敬。假若我一时竟遭殃横死，他们还不知是何等悲感呢！既是他们这样，我便一时死了，得他们如此，一生事业纵然尽付东流，亦无足叹惜。"果然是到了温柔乡、富贵场，欲醉死在千红一窟（哭）、万艳同杯（悲）之中，只是这哭、这悲，不是醉死人，而是淹死人。

那些依着宁荣二府生活的亲友，堕落程度只深不浅。颇受贾珍喜爱的贾蔷应名上学，仍是斗鸡走狗，赏花玩柳；正照风月宝鉴的贾瑞是生命不息放纵不止；管着家庙里的和尚道士，为王称霸，夜夜招聚匪类赌钱的贾芹是贾府祸首之一，诠释着什么是根烂枝必枯，人朽家必败；在姐姐葬礼中得趣馒头庵的秦钟，同贾瑞一样终因情欲而亡，但两个因放纵而逝去的生命并没有唤起一众男性的觉悟之心，仅为人们茶余饭后平添些谈资罢了。

《红楼梦》中的女性在一片混浊中保持清新明朗，其美好借警幻仙子和贾宝玉之口反复提及，宝玉到了太虚幻境，仙姑见到他说："何故反引这浊物来，污染这清净女儿之境"，这里宝玉是浊物。而在宝玉口中，"这女儿两个字，极尊贵、极清净的，比那阿弥陀佛、元始天尊的这两个宝号，还更尊荣无对的呢！""女儿是水做的骨肉，男人是泥做的骨肉""染了男人的气味，就这样混账起来"，但这样洁净尊贵的美好无一不在男性的任意妄为中枯萎凋零。

无论从冷子兴口中还是从黛玉眼中，王熙凤都非凡人。冷子兴演说荣国府时，对贾雨村说王熙凤"模样又极标致，言谈又极爽利，心机又极深细，竟是个男人万不及一的"，写尽凤姐之能；黛玉听到王熙凤的第一句话就是放诞无礼的"我来迟了，不曾迎接远客"，尽显凤姐之威。但这个从末世来的"凡鸟"，这个使"琏爷倒退了一射之地"的凤姐，虽有贾母之爱、管家之威，也不能阻止贾琏之俗之淫，也不能避免那个时代的女性悲哀，更不能避免末世带来的毁灭，只能"哭向金陵事更哀"。

而"才自精明志自高"，却因"生于末世"而"运偏消"的探春，只落得"千里东风一梦遥"。探春对赵姨娘说："我但凡是个男人，可以出得去，我必早走了，立一番事业，那时自有我一番道理；偏我是女孩儿家，一句多话也没有我乱说的。"探春的悲愤在于空负一身才能，只能眼睁睁地看着家族败落无能为力，这个坐船出嫁的姑娘，如同姐姐一样，到了难以见到爹娘的地方，她的才能能否给她带来幸福不得而知，但末世的悲凉恐怕是难以规避的。

贾家长媳——"万人嫌"邢夫人，基本在别人的抱怨、咒骂中出现，她的生活状态大概不如粗鄙不堪的赵姨娘。赵姨娘还有个夫君贾政给些家的气息，有个儿子贾环隐着些希望，有个女儿探春挣得些面子。邢夫人最温馨的一幕应该是留黛玉吃饭的场景，带着真挚和温暖，这是她生活中少有的温情。更不幸的是，夫妻间的冷漠以及对丈夫的绝对服从，使她忍受着族中长辈的责难和晚辈的嘲笑，为丈夫讨贾母的丫鬟鸳鸯做小妾，其心酸悲苦自是不能与外人道的。

生命的逝去，使得女性的毁灭更为彻底。

贾赦在要鸳鸯不得后所说的，"我要他不来，此后谁还敢收！此是一件。第二件，想着老太太疼他，将来自然往外聘，作正头夫妻去。叫他细想，凭他嫁到谁家，也难出我的手心。除非他死了，或是终身不嫁男人，我就伏了他"，已把鸳鸯推入绝境。

秦可卿，这个贾母眼中极妥当、重孙媳中第一个得意之人都不能免受玷污。二尤的家境、地位更使得她们无可避免地成为贾府男性的玩物，尤二姐注定不被贾府接受，走入大观园之日就是其毁灭之时。宁府"连猫儿狗儿都不干净"，投靠宁府又追随贾琏、二姐的尤三姐哪里还有存身之地。

贵妃元春那句"当日既送我到那不得见人的去处"，是对被时代、被家族裹挟的无助、无奈、无望的哀叹，对男权社会中女性作为附庸的哀伤。元春的大梦魂消，迎春的受虐而逝，香菱的受屈而死，晴雯的抱冤而去，尤三姐、金钏及鲍二媳妇的饮辱自尽，等等，女性的生命在男性不经意的忽略、轻视与侮辱中悄然而逝，且不见波澜。

男权社会中，处于附属地位的女性无论是生命还是情感，都在堕落男性的漠然与凌辱中毁灭，最终导致家族的衰败和社会的崩溃。

命和
运

隐在诗词 中的

我们的命运似乎被一条神秘的线牵着，躲不开终会遇到的人，绕不过终究要走的路，避不了终会发生的事情。人生的终点似乎并不远，我们也知道终点就在那里，却依然沉溺在各色风景中，演绎着或悲或喜或苦或乐不可预知的故事。

《红楼梦》早早把人物的命运结局告诉读者，高深的曹公善设迷局，或诗词或对联或谜语或酒令或歌舞，人物的命运隐在其中，需要在千里伏脉中找出隐约可见的点，串成时有时无的线，连成朦胧莫测的片，从一维联想到二维，再重构成三维，才能找到人物的完整轨迹，看清人物命运，而原小说结局的散失使这一过程更为艰难。但曹公不欺人，沿着隐约的线索，可看到活灵活现的人物就在那里，只是我们被黄沙迷了眼，找错了方向。

第五回的判词和《红楼梦》曲告诉读者大观园女儿的命运，说是暗示，几近明言，隐去的是过程，给出的是结局，同时将线索撒进诗词、歌赋、谜语、酒令，一咏三叹中，人物活泼泼地移出页面，百转千回地吟出自己的故事。

第二十二回，元宵节元妃从宫中送出谜语，大家来了兴致，纷纷出谜猜谜，而谜底，似江湖先生算命中的测字，给出了命运和结局。

首先是贾母，她的谜语是"猴子身轻站树梢"，猴子站在树梢上，树倒了呢？自然是猢狲散。老人是家族凝聚的焦点核心，贾母在，贾府还有长者，大家还是一家人，贾母不在，串起贾府众子弟的线就断了，族中人就变成有血缘关系的旁支侧脉，即使家族不败落，人心也散了。何况贾府获罪，生存的根基尽数毁灭，本来就各存心思的族中人变成散沙，各奔各的前程，各寻各的生活。贾府作为四大家族之一，散了，不存在了，这个谜语由贾母说出，合适。

元春的谜语是：

能使妖魔胆尽摧，

身如束帛气如雷。

一声震得人方恐，

回首相看已化灰。

对，谜底是爆竹，它的辉煌只在刹那间，之后便化为灰，碾作尘，消失无踪。这是元春的命运，她给家族带来荣耀，尤其是省亲时，传说中的皇家荣华来到凡间路、贵族宅，来到贾家，"只见园中香烟缭绕，花彩缤纷，处处灯光相映，时时细乐声喧，说不尽这太平景象，富贵风流"。又借慕荣华富贵入凡间的石头之口道出这冲破天际的荣耀繁华："此时自己回想当初在大荒山中，青埂峰下，那等凄凉寂寞，若不亏癞僧跛道二人携来到此，又安能得见这般世面。本欲作一篇《灯月赋》《省亲颂》，以志今日之事，但又恐入了别书的俗套。按此时之景，即作一赋一赞也不能形容得尽其妙；即不作赋赞，其豪华富丽，观者诸公亦可想而知矣。"贫穷限制的是穷人的想象力，穷人惊叹也就罢了，凄凉过的石头被震撼也不足为奇，久居兰室而不闻其香，身在富贵中应不觉富贵，但身在皇宫中的元春也被震撼，她"默默叹息奢华过费"，这就是真富贵。当贾家衰落后，石头应也有一番感受，他从凄凉的大荒山到昌明隆盛的贾家，再入归空之境，这样的经历应有怎样的文字？可叹曹公天不假年，空留想象在人间。

元春带给贾家短暂的辉煌，自己早逝，之后的贾家步入衰败，元春再也无力眷顾家族。如元春还在，贾家的辉煌或许还将持续，烈火烹油、鲜花着锦之盛始于她也终于她，这个谜语非她莫属。

迎春的谜底是算盘：

> 天 运 人 功 理 不 穷 ，
> 　　　　有 功 无 运 也 难 逢 。
> 　　　　　　因 何 镇 日 纷　　纷　　乱 ，
> 只 为 阴 阳 数 不 同 。

迎春最不善算计，她是命运待我如何我便如何，只服从，从不抗争。她的首饰攒珠累丝金凤被乳母典当，她的态度是还就还，不还就随她去；乳母赌博获罪，其家人在她面前与丫鬟吵得不可开交，她拿了本《太上感应篇》入定般地看，仿佛一切与己无关。这就是迎春：无论你是我什么人，犯了错与我何干？我不去追究你，但也绝不护着你；拿了我的东西，还我就要，不还，拿去好了。冒犯我？这样不好，但我没办法，也许有一天你会良心发现。没良心？好吧，就这样，日子总能过下去。过不下去怎么办？不知道啊。黛玉说她："真是'虎狼屯于阶陛，尚谈因果'。若使二姐姐是个男人，这一家上下若许人，又如何裁治他们！"她的回答是："正是多少男人尚如此，何况我哉。"这些男人是谁？她能接触到的男性自然只有贾家人，这是诛心之语，带着对贾家男人的蔑视和无奈。

迎春的日子就像不识数之人拨打的算盘，越拨越乱，乱到极致只能崩盘。何况她遇到的还是孙绍祖，那个得志便猖狂的中山狼，只把她"作践的公府千金似下流。叹芳魂艳魄，一载荡悠悠"。

探春的谜底是风筝：

> 阶下儿童仰面时，
> 清明妆点最堪宜。
> 游丝一断浑无力，
> 莫向东风怨别离。

探春是化解尴尬的高手，贾家媳妇不能顶撞婆婆，受到委屈自是不能辩解，这时的探春往往垒起台阶、给足面子，让大家重归祥和。但探春化解的是别人的尴尬，自己的尴尬却难以化解。她是庶出，有赵姨娘那样的母亲和贾环那样的弟弟，赵姨娘市侩、自私，令人生厌的品质她一样没落下，至于相貌如何作者没交代，应该是美的吧，但浅薄的美得不到尊重，就连贾府奴婢对她也多是鄙视。高洁的探春躲无可躲，尽管她口上说着只认老太太（贾母）、太太（王夫人），但避不开赵姨娘和贾环的"嘈聒"，虽不一定情愿，到底是割舍不断的血脉，她对亲生母亲也是有温情的。远嫁让她远离了家族的是非，也远离了家族的庇护，看看贾家和王家对薛家的维护就知道家族间的互助互益有多重要了，还好她有能力保护自己。

探春有着一流的管家才能，她的远嫁是贾家的损失。探春不像王熙凤那样自私，她有胸怀全族的气量，以公心管家，所以脂批说："使其人不远去，将来事败，诸子孙不至流散也。"但风筝是漂泊之物，她命该如此。

惜春的谜底是庙中海灯：

前 身 色 相 总 无 成，

不 听 菱 歌 听 佛 经。

莫 道 此 生 沉 黑 海，

性 中 自 有 大 光 明。

惜春出家在书中有多处线索。第七回，周瑞家的给她送来薛姨妈的礼物——宫花，惜春笑道："我这里正和智能儿说，我明儿也剃了头，同他做姑子去呢，可巧又送了花儿来。若剃了头，可把这花儿戴在那里！"第七十四回，她的丫鬟入画因为藏了哥哥的东西违了家法，惜春赶她走，尤氏反对，两人拌嘴，惜春说：状元榜眼也有不能了悟的。尤氏说："才是才子，这会子又作大和尚了，又讲起了悟来。"惜春说："我不了悟，我也舍不得入画了。"惜春的玩伴多是小尼姑，她生于富贵，却似乎没有融入贾家，她入的是佛家。

惜春的父亲是在道观中烧汞炼丹的贾敬，对她无暇顾及，母亲逝去，哥哥贾珍哪会想得起她来，嫂子尤氏的生活亦是一团乱麻，贾母也并不是她的亲祖母，与她没有血缘关系。虽然她年龄最小，却没受到过宠爱。她陷在旋涡中独自面对各种矛盾，大概只有佛门才能让她有安宁之感。

四姐妹的谜底没有丝毫的幸福迹象，所以贾政烦闷、悲戚："娘娘所作爆竹，此乃一响而散之物。迎春所作算盘，是打动乱如麻。探春所作风筝，乃飘飘浮荡之物。惜春所作海灯，一发清净孤独。今乃上元佳节，如何皆用此不祥之物为戏耶？"

63

贾政从谜语中觉察到了贾府的危机，也难怪打宝玉时下手极重，贾府都危了，你还四处惹事，不打行吗？他又看了宝钗的谜语：

朝罢谁携两袖烟，琴边衾里总无缘。

晓筹不用鸡人报，五夜无烦侍女添。

焦首朝朝还暮暮，煎心日日复年年。

光阴荏苒须当惜，风雨阴晴任变迁。

这个谜语简直就是宝钗婚后生活的纪录片，白天弹琴无人听，夜晚入眠无人伴，焦首朝朝暮暮，煎心日日年年。黛玉还泪更多的是哀伤，却不乏从容，而宝钗只有煎熬，尽管她安分随时，但终究也有不淡定之时。

贾政看完自忖道："此物还倒有限。只是小小之人作此诗句，更觉不祥，皆非永远福寿之辈。"

值得注意的是，贾政看了贾府四姐妹的谜语之后，关注的是宝钗，大有深意。他对黛玉的命运没太留意，只把她当成外甥女，没想让她成为贾家人。贾政心中早有人选，他虽然看重林如海，但斯者已逝，王子腾的分量更重，从这个角度来讲，宝钗的金玉姻缘有家族亲戚做支撑，她有优势。

人物命运的线索不仅限于谜语，也埋在吃喝玩乐中。第六十三回，宝玉过生日，怡红院开夜宴，大家抽签喝酒，签词隐含了太多的内容。

宝钗第一个抽签，她抽到"艳冠群芳"的牡丹花，看宝钗抽到此签，众人说："你也原配牡丹花"。"品格端方，容貌丰美"的宝钗是封建社会女性的典范，被比作牡丹很是恰当。她的签词是："任是无情也动人。"这句曾在两首诗中出现过，一是唐朝诗人罗隐的《牡丹花》：

似共东风别有因，
绛罗高卷不胜春。
若教解语应倾国，
任是无情亦动人。
芍药与君为近侍，
芙蓉何处避芳尘。

可怜韩令功成后，
辜负秾华过此身。

韩弘是唐朝宪宗元和年间中书令，晚年住在长安永崇里时，他命人砍去院中牡丹，说"我岂能效仿儿女辈人"，故有"可怜韩令功成后，辜负秾华过此身"。撇开其他，就诗论诗，即说牡丹不是无故随东风飘落，似乎是红色花瓣高卷承不住春之重吧，如若她懂人语能交流自是倾国倾城，即便无情也是动人的，芍药好看只能做她的近侍，芙蓉美丽又怎能与她相提并论？可惜韩令功成后竟辜负这秾华美眷。

这里把宝钗比作牡丹，但艳冠群芳的牡丹却被弃了，被谁弃了？宝玉。宝钗不解宝玉之语，宝玉要醉死温柔乡，宝钗要宝玉为富贵梦奋斗，宝钗的冷香丸打造不出有热度的温柔乡，宝玉本在富贵中又何须艰苦奋斗？失了富贵，已没有奋斗的心境，更没有奋斗的能力。

与宝钗更是话不投机，沉默解除不了痛苦，走还不行吗？宝玉走得决绝，走得义无反顾，能给个背影就不错了。

这句还出现在宋朝秦观的《南乡子·妙手写徽真》中：

妙手写　徽　真。
　　水翦双眸点绛　唇。
疑是昔年窥宋玉，东邻；
　　只露墙头一半身。

　　往事已　酸辛。
　　谁　记　当年　翠黛颦？

尽道有些堪恨处，无　情；
　　任是无情　也　动　人。

写的虽然不是牡丹，但亦是相思愁绪，尤其是"谁记当年翠黛颦？"有黛玉的两个字——黛玉的"黛"和颦儿的"颦"，这也许是宝钗的心声，谁还会记得当年，宝玉你也会忘掉黛颦的。徽真是唐代倡女崔徽，画上的崔徽不能有情，但却动人，动人是动人，可终究是水中月镜中花，空惆怅。

宝钗抽签后，芳官唱了一支〔赏花时〕：

　　　　翠凤毛翎扎帚叉，闲为仙人扫落花。
　　　　您看那风起玉尘沙。

猛可的那一层云下，抵多少门外即天涯。

您再休要剑斩黄龙一线儿差，再休向东老贫穷卖酒家。

您与俺眼向云霞。

洞宾呵，你得了人可便早些儿回话；

若迟呵，错教人留恨碧桃花。

这是汤显祖《邯郸记·度世》一节，天门没有扫花人，何仙姑暂时代岗，但仙姑可不能长时间扫花，于是吕洞宾到凡间找有缘人来天门。这是何仙姑送别时的唱词，本意是让吕洞宾早些度个有缘人来天门扫花，她好去瑶池赴西王母的蟠桃宴。芳官没有判词，难以判断这段词与她的关系，只是她最终出家，是不是那个有缘人呢?《邯郸记》在第十八回元春省亲时出现过，是她点的四出戏之一。《邯郸记·仙缘》讲的是吕洞宾下凡寻找扫花人遇到卢生，但卢生贪恋凡尘，吕洞宾送他一枕，卢生做了黄粱一梦，终于大悟，跟吕洞宾到天门扫花。这就有趣了，何仙姑贪恋蟠桃宴，卢生贪恋红尘，只有他舍了红尘去扫花，替了扫花的何仙姑，才能成全何仙姑的蟠桃宴，而卢生舍的是什么呢? 又一个纠缠不清的故事。但这里的离尘、送别，有盼归，有度化，连着几个人的命运。

探春抽的是"瑶池仙品"四字，诗云：

日边红杏倚云栽。

这是唐朝高蟾的《下第后上永崇高侍郎》：

天上碧桃和露种，日边红杏倚云栽。

67

芙 蓉 生 在 秋 江 上 ，

不 向 东 风 怨 　 未 　 开 　 。

注云："得此签者，必得贵婿"。得贵婿的探春自然得天之雨露，日之光辉，灯谜预示她要远嫁，这里说她要得贵婿，众人说："我们家已有了个王妃，难道你也是王妃不成！"说出了探春的富贵命。只是远离家乡亲人的富贵真能带来幸福吗？元春省亲，与贾母、王夫人三人呜咽对泪时，元春说"当日既送我到那不得见人的去处"。道尽了做皇妃之苦，探春的"富贵命"，也浸着心酸。

紧接着是李纨的"霜晓寒姿"四字，诗是：

竹 篱 茅 舍 自 甘 心 。

这句源自宋代王淇的《梅》：

不 受 尘 埃 半 点 侵 ， 竹 篱 茅 舍 自 甘 心 。

只 因 误 识 林 和 靖 ， 惹 得 诗 人 说 到 今 。

林和靖是北宋诗人，自谓 "以梅为妻，以鹤为子"，人称"梅妻鹤子"。他的诗《山园小梅》中，"疏影横斜水清浅，暗香浮动月黄昏"两句被誉为咏梅的千古绝唱。本来纯净的梅花安安静静地居于竹篱茅舍，可来了林和靖，娶梅为妻，还"不辞日日旁边立，长愿年年末上看"，扰乱人心啊。李纨真的心如止水吗？

史湘云抽到的是"香梦沉酣"四字，诗道：

只恐夜深花　睡　去　。

这句出自宋朝苏轼的《海棠》：

东风袅袅泛崇光，香雾空蒙月转廊。

只恐夜深花睡去，故烧高烛照红妆。

东风袅袅，春意暖暖，花朦胧、香朦胧、月朦胧，只是月转而去，静夜中花会不会睡去？不会不会，有红烛高照，如阳光般璀璨，一定会盛开的。这像不像"乐中悲"的湘云？身为孤儿，缺乏关爱，月光都绕着走，没关系，咱自带雾月清风，只要有亮，都是阳光，给点阳光就灿烂，还愁花不开、月不明？

之后是麝月的"韶华胜极"，她的诗是：

开　　到　　荼　蘼　花　事　了　。

这是宋朝王淇《春暮游小园》中的一句：

一从梅粉褪残妆，涂抹新红上海棠。

开到荼蘼花事了，丝丝天棘出莓墙。

梅花开完海棠艳，当荼蘼花开的时候春天的花尽数凋零，酸枣树的叶子也爬上莓墙。韶华胜极之后是衰败，诸芳落尽，麝月是最后留在宝玉身边的人。所以宝玉看到后忙将签藏了，他到底不是凡人，还是识破了天机。

香菱抽到的是"联春绕瑞"，上面写着一句诗：

连 理 枝 头 花 正 开 。

这句出自宋代朱淑真的《落花》：

连理枝头花正开，
　　炉花风雨便相催 。
　　　　　愿教青帝常为主，
　　莫道纷纷点翠苔。

花开成双，却有风雨相炉，吹散落红点缀翠苔，愿青帝不走使花常开，但青帝不常驻，花必落，红必凋。香菱改成"秋菱"，已露枯萎之象。如果没有夏金桂，香菱是否会得到薛蟠的爱？是否会有个好点的结局？第四十七回，薛蟠调戏柳湘莲被暴打，"香菱哭得眼睛肿了"。第六十二回，香菱与荳官、芳官、蕊官等斗草时说："我有夫妻蕙。"荳官说："你汉子去了大半年，你想夫妻了，便扯上蕙也有夫妻，好不害羞。"香菱听了，红了脸。所以香菱也有过短暂的温暖时刻，薛蟠也不是一无是处，他在女孩儿身上也是有功夫的。第三十五回，薛蟠与宝钗吵完架的第二天，看母亲、妹妹伤心，"连忙跑了过来，对着宝钗，左一个揖，右一个揖，只说：'好妹妹，恕我这一次罢。原是我昨儿吃了酒，回来的晚了，路上撞客着了，来家未醒，不知胡说了什么，连自己也不知道，恕不得你生气。'"还说："如今父亲没了，我不能孝顺妈，多疼妹妹，反教妈生气，妹妹烦恼，真连个畜生也不如了。"口里说着，眼睛里不禁也滚下泪来。又说："妹妹的项圈，我瞧瞧，只怕该炸一炸去了。""妹妹如今也该添补些衣裳了。要什么颜色花样，告诉我。"一副多情公子模样，可以想象对香菱好时应该也是情浓意浓。只可惜他不是常性之人，夏金桂来了，也是个美貌的，便把香菱丢在脑后任夏金桂蹂躏，虐中施暴，致使香魂返故乡。

大家最好奇的应该是黛玉吧？她的签上是"风露清愁"四字，一句旧诗是：

莫怨东风当自嗟。

这句出自宋代欧阳修的《和王介甫明妃曲二首》(其二)：

汉宫有佳人，天子初未识，
　一朝随汉使，远嫁单于国。

绝色天下无，一失难再得，
虽能杀画工，于事竟何益？
耳目所及尚如此，万里安能制夷狄！

汉计诚已拙，女色难自夸。
明妃去时泪，洒向枝上花。

狂风日暮起，飘泊落谁家。
红颜胜人多薄命，莫怨东风当自嗟。

它还出现在元朝高明的《金络索挂梧桐·咏别》中：

羞看镜里花，憔悴难禁架，耽阁眉儿淡了教谁画？

最苦魂梦飞绕天涯，须信流年鬓有华。

红颜自古多薄命，莫怨东风当自嗟。

无人处，盈盈珠泪偷弹洒琵琶。

恨那时错认冤家，说尽了痴心话。

秉绝代风姿的林黛玉是苦命人啊，可是怨谁呢，谁也不怨，命该如此，认了吧。王昭君因不肯贿赂画工而远嫁，世俗社会需遵从世俗规则，黛玉不在仙境，做不到一点仙露就能使草化成人，凡尘世间需要家族的财力、能力做支撑，木石之盟的神仙境界还是回仙界再谈，想要的心灵伴侣还是等到大家都讲精神追求的时候再说吧。

之后是袭人，她抽的签有"武陵别景"四字，那一面旧诗写道：

桃　红　又　是　一　年　春。

这句源自宋朝谢枋得的《庆全庵桃花》：

寻得桃源好避秦，

桃红又是一年春。

花飞莫遣随流水，

怕有渔郎来问津。

大家一定还记得《桃花源记》，如同找到了世外桃源避秦乱，袭人在贾府败落后还有安稳的生活，她真是命好。守宝玉不住后嫁蒋玉菡，继续她的贤德，跟娇杏一样，她也是《红楼梦》中少有的幸运之人。她的结局又一次体现了无常，她最有可能与宝玉厮守终生，却最终让位给了麝月，而她等到了蒋玉菡，那是她的桃红又一春。

抽签是被动的，而写出的诗词却是个人情感心态的表达。第七十回，湘云偶填的柳絮词，引得众人迫不及待地将自己的命运告诉读者。

湘云的《如梦令》是这样写的：

岂是绣绒残吐，卷起半帘香雾。

纤手自拈来，空使鹃啼燕妒。

且住，且住，

莫使春光别去。

到底是湘云，对春的留恋都带着俏皮，我们看到漫天飞舞的柳絮扑向半卷的门帘，被一只素手轻轻拈住，旁有春燕、杜鹃欢歌曼舞，这样的美好该是永恒。春留不住，那就让美好画面留在记忆中吧。但记忆中的美好伴着温馨，更伴着现实的残酷，湘云的生命中有过幸福，却转瞬即逝，没能配得上她的宽宏大量和霁月清风。

探春写的是《南柯子》：

空挂纤纤缕，徒垂络络丝。

也难绾系也难羁，一任东西南北，

各分

离。

探春总也脱不开别离，她的柳丝空垂，留也留不住，绾也绾不牢，只能随风飘，随水流。探春是豁达的，她有能力处理复杂矛盾，顾及别人，保全自己，东西南北各分离又怎样？随它去。

妙的是宝玉提笔而续：

落去君休惜，飞来我自知。

莺愁蝶倦晚芳时，纵是明春再见，

隔年期。

探春说南北西东各分离，随它去好了，宝玉说，去就去吧，别可惜，别叹息，管它千变万化，我自有丘壑在胸，晚春时节了，再见花红也是明年的事。严格来说，接得并不是很顺畅，且有些自我矛盾，如果说让别人安心，应说还有明年呢，怕什么，明年会再来。却说纵是到明年春天，还有一年时间呢。他在说什么？明年春天又会怎样？比今年好？所谓物换人非，明春不与今年同，似乎在安慰谁"别担心，还有时间，会有转机"，一切还来得及，是不是有些莫名其妙？

但把宝玉、黛玉、宝钗三人的词联系起来看就明白，探春所隐喻的不仅仅是自己远嫁，还有宝黛分离，这样宝玉的续词就合理了。

看黛玉的《唐多令》：

粉堕百花洲，香残燕子楼。

一团团逐对成毬。

飘泊亦如人命薄，空缱绻，说风流。

草木也知愁，韶华竟白头。

叹今生谁拾谁收。

嫁与东风春不管，凭尔去，忍淹留。

百花洲是吴王夫差与西施泛舟游乐的地方，燕子楼在江苏省徐州市，相传为唐贞元时尚书张建封为爱妾关盼盼所建居所，张建封去世后，关盼盼独居于此，都是情伤之地。"叹今生谁拾谁收。嫁与东风春不管，凭尔去，忍淹留。"幽怨哀伤铺天盖地，这是她在对着宝玉啜泣："你已经把我放弃了，不挽留、不阻拦，任我漂泊无依随风而逝。"

宝钗认为偏要把柳絮说好了，才不落套，看她的《临江仙》：

白玉堂前春解舞，东风卷得均匀。

蜂团蝶阵乱纷纷。

几曾随逝水，岂必委芳尘。

万缕千丝终不改，任他随聚随分。

韶华休笑本无根，好风频借力，

送我　上　青　云。

飞舞的柳絮也是春天才有的景象呀，欣赏就是了，哪里有哀伤？随水逝，委芳尘？不存在。聚也好分也罢，还不是千丝万缕地挂在那里？无根，正好无羁绊，借着东风可直上九重霄。宝钗眼中哪有什么伤春悲秋，春风是力，正好借来一用，没有东风还上不了天呢；秋风肃杀，可杀不到我，能杀到谁？到时您看呗。

宝钗的柳絮舞在白玉堂前，是富贵，看到的是蜂团蝶阵的热闹场面，黛玉的柳絮飘在百花洲、燕子楼，是伤情的场所；宝钗说东风助我成功，黛玉说东风带走春红，也带走了我，而你居然忍心看我离去。这时候宝玉会说什么？"落去君休惜，飞来我自知。莺愁蝶倦晚芳时，纵是明春再见，隔年期。"什么意思？他在对黛玉说："别难过，别哀伤，我不会让你走，我会留下你，现在的局面不是结局，我们还有时间，我有办法翻盘，信我。"

这时，宝玉的姻缘已有明确说法，只是还没有给出一个仪式，才有了宝钗的志得意满、黛玉的绝望哀怨、宝玉的强弩之末，尽管宝玉没有放弃，但由不得他，结局已经在那里了。

宝钗、黛玉等都是局中人，宝琴不是，虽然她似乎得了贾母的青睐，但那只是一堵挡风的墙罢了。她站在局外看局内，看她的《西江月》：

汉苑零星有限，隋堤点缀无穷。
三春事业付东风，明月梅花一梦。
几处落红庭院，谁家香雪帘栊。
江南江北一般同，偏是离人恨重。

"三春"指什么？看贾府姐妹元春的判词：

二 十 年 来 辨是非，
榴 花 开 处 照宫闱。

三 春 争 及 初 春 景，
虎 兕 相 逢 大 梦 归。

惜春的判词是：

> 勘破三春景不长，
> 　　　　缁衣顿改昔年妆。
>
> 可怜绣户侯门女，
> 　　　　独卧青灯古佛旁。

秦可卿托梦给王熙凤时也说过："三春去后诸芳尽，各自须寻各自门。"为什么是"三春"而不是"四春"？一是元春、迎春、探春三姐妹是荣府人，惜春是宁府人；二是惜春年幼，是大观园姐妹中最小的，三春去后她才成年。"勘破三春景不长"，这是惜春的口吻，她与三个姐姐的命运同轨，她看着姐姐们嫁人，嫁入皇宫的皇妃大姐姐元春不得见，远嫁的王妃三姐姐探春不得见，只能见到嫁入孙府的二姐姐迎春，却更让人哀伤。她看着姐姐们陨落，知道接下来是自己，姐姐们的命运就是自己的命运，她看到了结局，三春过后诸芳尽，凋零就在眼前，她没得选。

"明月梅花一梦"源于唐代柳宗元的传奇小说《龙城录》。隋朝开皇年间赵师雄迁居罗浮，一日天寒日暮，一行人在松林间的酒肆旁休息。有一女子淡妆素服出来迎接他，夜色笼罩下，残雪对着月色，赵师雄与之交谈，但觉芳香袭人，语言清丽，就叩酒家门，与她共饮数杯，后酒醉入寝。醒后发现在大梅花树下，即"明月梅花一梦"。

宝琴是旁观者，她从贾府之外看贾府，看到的就不仅仅是贾府，还看到了末世中的人世间，所以说"江南江北一般同"，东风远、春红尽，逝去的春带着离人的泪，点点泪带着重重恨，所以"偏是离人恨重"。

《红楼梦》有多个视角讲述贾府的故事，仙界的有一僧一道、警幻仙子、通灵宝玉，人间的有冷子兴、贾雨村，贾府的有贾政、秦可卿，这里是薛宝琴，她旁观着姐妹们，"谁还没个梦想了"，宝钗的婚姻梦，黛玉的爱情梦，探春的事业梦，只是贾府姐妹的梦想真的只是梦，最终是万境归空，天下莫不如此。

作者怕诗词、谜语的力量不够，就用现场来解说了。评完柳絮词，大家放起了风筝，那可不仅仅是风筝，还是探春的姻缘和宝黛的绝望。来看黛玉对风筝的不舍：

"黛玉笑道：'这一放虽有趣，只是不忍。'……紫鹃笑道：'我们姑娘越发小器了。那一年不放几个子，今日忽然又心疼了。姑娘不放，等我放。'说着，便向雪雁手中接过一把西洋小银剪子来，齐奲子根下寸丝不留，咯噔一声铰断，笑道：'这一去，把病根儿可都带了去了。'那风筝飘飘摇摇……再展眼便不见了。……宝玉道：'可惜不知落在那里去了。若落在有人烟处，被小孩子得了还好；若落在荒郊野外无人烟处，我替他寂寞。想起来把我这个也放去，叫他两个作伴儿罢。'于是也用剪子剪断，照先放了。"

黛玉确实不是小气之人，第二十六回，宝玉的丫鬟佳惠送茶叶给黛玉，可巧贾母差人给黛玉送钱，黛玉抓了两把数都没数就给了她，也不知多少。但何以对一个本就应当放走的风筝恋恋不舍呢？说得吉利是把病根带走，可黛玉的病根是胎里带来的，除了出家治无可治，又哪能带走呢？走的不是风筝、不是病根，是她的命，宝玉很懂，于是追随而去。探春的风筝带着喜字成双而去，黛玉的风筝独自飘去无人处，不知追随而去的宝玉能否找到林妹妹。

风筝本就是探春的本命，她的风筝很是有趣：

"探春正要剪自己的凤凰，见天上也有一个凤凰，因道：'这也不知是谁家的。'众人皆笑说：'且别剪你的，看他倒像要来绞的样儿。'说着，只见那凤凰渐逼近来，遂与这凤凰绞在一处。众人方要往下收线，那一家也要收线，正不开交，又见一个门扇大的玲珑喜字带响鞭，在半天如钟鸣一般，也逼近来。众人笑道：'这一个也来绞了。且别收，让他三个绞在一处倒有趣呢。'说着，那喜字果然与这两个凤凰绞在一处。三下齐收乱顿，谁知线都断了，那三个风筝飘飘摇摇都去了。"

一个伴着响鞭的门扇大的喜字，带走了两个凤凰，这不就是办喜事的镜头吗？只是喜字远去了，喜事也没有留在贾家，探春走了，走得很远。探春的远嫁给大观园女儿们的哀伤又蒙上了悲凉。

女孩子的命运就这样在诗词、歌赋、游戏、玩笑中一点一点展露，大多时候无觉、无知，但情绪、心境的变化亦是命运的轨迹，她们一点一点耗着自己的心、血、泪，一步一步走近终点，

走 向 末 世 的 尽 头 。

木石前盟　87

金玉姻缘　97

黛玉：无处安放的咏絮才　107

宝钗：从停机德说起　117

木石 前盟

"木石前盟"四个字完整出现在书中只有一次，还有一次是"木石姻缘"。第五回，宝玉梦游太虚幻境，警幻仙子引他听《红楼梦》曲，第二支〔终身误〕中是这样说的："都道是金玉良姻，俺只念木石前盟"。宝玉只当曲儿听，没有理解其中含义，更没有想到玉和石是自己。明明看到了自己的命运，却以为那是别人的故事。第三十六回，宝玉挨打后睡着了，袭人躲出去留下了宝钗和没绣完的鸳鸯戏莲兜肚。宝钗"便不留心一蹲身，刚刚的也坐在袭人方才坐的所在，因又见那活计实在可爱，不由的拿起针来，替他代刺……忽见宝玉在梦中喊骂，说：'和尚道士的话如何信得！什么是金玉姻缘，我偏说是木石姻缘！'"宝玉在梦中把《红楼梦》曲重复了一遍，这话只有宝钗听到了，这是他对家族权威的挑战，在众人面前的爱情宣言，但这宣言只敢在梦里说出。在梦中他对着"金"说，我是"石"，只要"木"。对着木，他才是石，对着金，他是玉，玉是表象，石是本质。现实要他做玉，初心让他为石，他跟着自己的心走，却被现实绊住，只能为玉，但终要回归本质，玉或失或碎，他要做回石头，舍弃一切，去守护他的绛珠草。

"木石前盟"中的"木"是指灵河岸上三生石畔的那棵绛珠草，在神瑛侍者的甘露浇灌下，修成女仙，终日游于离恨天外，食蜜青果，喝灌愁海水，心心念念着如何报恩。佛家认为，天有三十三重，最高为离恨天，离恨天是男女生离之地、抱恨之所。元曲有云："三十三重天，离恨天最高，四百四十病，相思病最苦。"

郑光祖的《倩女离魂》有云：

三十三天觑了，离恨天最高；四百四病害了，相思病怎熬？

离恨天连着情债，连着离别，连着相思病，这是绛珠草在仙界、林黛玉在尘世间的未治之病，未了之情。蜜青果即为秘情果，因为她灌溉之德未还，于五内郁结一段缠绵不尽之意，却不能道于外人，谓之秘情。灌愁海是指月圆时那片蓝色的海，是嫦娥浇愁的海水。"碧海青天夜夜心"，星空无际，碧海无边，愁绪无涯，灌愁海水浇不尽绛珠仙子的愁，于是饮入口内，化于心中，本想清愁之本，除苦之源，却是愁绪化相思，相思转愁绪，愈浇愁愈多，愈灌苦愈重。可谓："滴不尽相思血泪抛红豆……忘不了新愁与旧愁……遮不住的青山隐隐，流不断的绿水悠悠。"吃着秘情果，喝着灌愁水，徘徊于离恨天外的绛珠仙子，只能是诗意的凄苦。

"石"是指大荒山无稽崖下，经女娲之手点化有了灵性却无材补天的石头，在一僧一道的帮助下与神瑛侍者一起下凡，也就是贾宝玉出生时口中含的那块通灵宝玉。到了凡间，顽石与神瑛侍者合为一体，神思清明时它可除邪祟，疗冤疾，知祸福，但蒙尘堕落时，便失去了护卫之力。石头的堕落是由躯体被情色蒙蔽引起，躯体堕落，石头蒙尘，如果石头能拒欲念侵染，可随时护佑躯体，但石头却随躯体一起堕落，从而失去护卫之能。到底是石头护佑躯体，还是躯体在自我护佑？神仙清除了石头上的污垢，救赎了躯体，石头只是做了中介，却成为救赎者，神仙有功不居，是真正的"功成而弗居"，果然超脱。

石头下凡是为了享受世间的荣华富贵，神瑛侍者是造劫历世，两者都是被自己的命运带到凡间。而绛珠仙子是为了报恩而来，这个恩还挺难报，因为她欠的是甘露之惠，还无可还，只能流尽一生的眼泪，也许就能还了。

还泪的分量有多重？柳永在《忆帝京》中说："系我一生心，负你千行泪。"说的是男女之情，我的心一生都给你，却不能陪伴，只能负你流下的无数相思泪。男人总能以深情状惹女人流泪，女人也情愿让泪水付诸东流。孟郊在《悼幼子》中写道："负我十年恩，欠你千行泪。"这是父子之情，道尽白发人送黑发人的悲哀。白居易在《伤唐衢二首》中写道："终去坟前哭，还君一掬泪。"这是朋友之情，深深的朋友情，似乎只有用还泪来表达，不过朋友间的眼泪还是少些，一掬就够了。

还泪表达的是伤情，是绵绵不尽的哀痛。黛玉在《桃花行》中流尽眼泪：

若将人泪比桃花，
泪自长流　花自媚。

泪眼观花　泪　易干，

泪　干　春
尽花憔悴。

艳丽的桃花被比作眼泪，生命中还会有其他的颜色吗？"林黛玉的情性，无事闷坐，不是愁眉，便是长叹，且好端端的不知为何常常的便自泪道不干。先时还有人解劝，或怕他思父母，想家乡，受了委屈，只得用话宽慰解劝。谁知后来一年一月的竟常常如此，把这个样儿看惯，也都不理论了。"无论有因无因、有故无故，林妹妹随时、随景、随情、随性地还泪：滚泪、坠泪、流泪、垂泪、滴泪、含泪、落泪、洒泪、添泪、痛泪、拭泪、抹泪、擦泪。所谓洒泪泣血，"想眼中能有多少泪珠儿，怎经得秋流到冬尽，春流到夏"。第四十九回黛玉对着宝玉拭泪道："近来我只觉心酸，眼泪却像比旧年少了些的。心里只管酸痛，眼泪却不多。"欠泪的，无论能否还清，泪终究要尽，流尽了，也许就能还了。

流泪是耗，耗心，耗血，耗生命，黛玉就是这样浸在泪水中守着她的木石前盟。

当我们把场景从天上转到人间的时候，宝黛的第一次相见来了。

黛玉一见宝玉，便吃一大惊，心下想道："好生奇怪，倒像在那里见过一般，何等眼熟到如此！"黛玉刚到贾家，还是不肯轻易多说一句话、多行一步路的时候，只敢心里想，宝玉则毫无顾忌地说："这个妹妹我曾见过的。"

这是前世情缘，这样的一见钟情不沾世俗，不染凡尘，只是与这个人有渊源，至于哪里的渊源，不追、不问。通常人们第一次相见，关注的是外貌，尤其是美貌之人，黛玉美得惊世骇俗，她"秉绝代姿容，具稀世俊美"，有诗为证：

颦儿才貌世应希，

独抱幽芳出绣闱。

呜咽一声犹未了，

落花满地鸟惊

飞。

沉鱼落雁、闭月羞花算什么？黛玉的美貌让花自杀，花无颜生存只能落地，让鸟逃走，钻地缝儿都不能在她面前，太惭愧了。宝玉看到了吗？看到了，但忽略了，他只捕捉到扑面而来的熟悉感，那种失散重逢之感，是前世未了的情缘。

"熟悉"是初次见面的最高境界，人与人之间立刻有了融洽之感。而最熟悉的莫过于青梅竹马，这样的情意无可替代，而他俩的青梅竹马始于前世，宝钗有得比吗？还说什么金玉姻缘，那是现实的利益，怎比得了前世的羁绊。

这种熟悉演变成后来价值追求的一致，也就是林妹妹从来不说那些读经科举、为官做宰的混账话，不然宝玉早就跟她生分了。黛玉对宝玉的态度是，只要你感情在我这儿，你做什么都可以，淘胭脂吃水粉，咒和尚骂道士，那都不叫事儿，不过瘾我跟你一起骂。对宝玉来说，黛玉体弱，那就护着；黛玉并非尖刻，那是聪明；黛玉写诗太悲戚，那是因为她命苦。总而言之，亲戚朋友中所有人都不及黛玉，自己灌溉呵护着的仙草果然不同凡响。

但这种不染世俗气的情感，在现实社会中未必最佳。婚姻，尤其是那个年代的婚姻，基础并不是感情，是纠缠在一起的家族利益关系。

迎春的婚姻是她的父亲贾赦做主，贾母不愿意，但她知道管也没用，只能随他去。而贾赦结这门亲的基础是利益关系，孙绍祖所说的送了贾赦五千两银子多半是真的。金玉姻缘的支持者甚多，有王夫人以及王夫人影响下的元春，薛家仰仗财力在贾府结下的关系网，王家不断扩张的势力，当然最重要的还有贾政。

第七十二回抄检大观园后，王夫人要放一批丫鬟出府，赵姨娘求贾政把彩霞留下来给贾环，贾政对赵姨娘说："我已经看中了两个丫头，一个与宝玉，一个给环儿。"说明当父亲的不用跟任何人商量就可以决定儿子的婚姻，而贾政虽然欣赏黛玉的才华，但不打算让她做儿媳妇。贾母支持宝黛，但她只有爱，单纯凭爱维护不了木石姻缘。

婚姻从来不是单纯的情感问题，它是家族传承的基础，多病、无依削弱了黛玉的贵族身份。第七十一回，贾母过八十大寿，家中留了些亲戚住下。大家正聊天时宝琴进来，贾母问她从哪里来，宝琴说道："在园里林姐姐屋里大家说话来。"这时贾母忽想起一事，忙唤过一个老婆子来，吩咐她："到园里各处女人们跟前嘱咐嘱咐，留下的喜姐儿和四姐儿，虽然穷，也和家里的姑娘们是一样，大家照看经心些。我知道咱们家的男男女女都是'一个富贵心，两只体面眼'，未必把他两个放在眼里。有人小看了他们，我听见可不依。"贾母由黛玉联想到贫穷的喜姐儿和四姐儿，并警告众人不可轻慢。她知道黛玉的处境，虽然她给人、给钱尽力护着，但打不破"一个富贵心，两只体面眼"。黛玉对宝钗说："那些底下的婆子丫头们未免不嫌我太多事了……何况于我，又不是他们这里正经主子，原是无依无靠，投奔了来的，他们已经多嫌着我了。"贾母、宝玉的深爱挡不住众人的嫌弃，贾母知道，黛玉知道，大多数人知道，大概只有宝玉没看透彻。

黛玉一介孤女，没有家族力量支撑，没有互助互换的实力，在贾府摇摇欲坠的日子里，没有世俗婚姻的基础。黛玉只是虚妄地努力着，薛姨妈说她要去给宝黛做媒，似乎让她在绝望中看到了希望，焉知她叫那声"妈妈"不是因为那线希望呢？但她也知道那是虚幻。宝玉也在努力，他让黛玉看到了感情的忠贞，但无力对抗来自家族的力量，只能眼睁睁地看着晴雯离去，看着龄官离去，看着黛玉离去，最终忍无可忍自己离去。

黛玉是泪尽而亡，还泪而去，以生命坚守着木石之盟；宝玉则离开红尘，以另一种方式守护着他天上的绛珠草、世间的林妹妹。

金 玉 姻 缘

金玉姻缘指的是戴着金锁的薛宝钗和有通灵宝玉的贾宝玉的婚姻。一个是富,一个是贵,是金钱与权力的结合。虽然金玉姻缘贯穿整部小说,但完整、清晰地出现仅有两次。一次是第五回贾宝玉梦游太虚幻境时听到的《红楼梦》曲〔终身误〕中唱的,"都道是金玉良姻,俺只念木石前盟"。另一次是第三十六回梦兆绛芸轩,宝玉在梦中喊出的"什么是金玉姻缘,我偏说是木石姻缘!"

如果说木石前盟是超凡脱俗的神仙境地,金玉姻缘则是充满了烟火之气的红尘凡间。作者没有给我们呈现宝玉和宝钗第一次见面的场景,应该是平淡得不值一提,我们只是知道,薛姨妈带着一儿一女来贾家住下了。

金玉的出场在第八回,宝钗生病,宝玉来探视,宝玉看到的宝钗与其他女孩并无二致:头上挽着髻儿,穿着半旧不新的家常衣服,长得"唇不点而红,眉不画而翠,脸若银盆,眼如水杏",这种长相并不出彩,是我们见惯了的女主角的长相。如同崔莺莺的"眉儿浅浅描,脸儿淡淡妆",大概美女都长这样儿。做着针线活的宝钗,见宝玉来了忙问好、让座、上茶,生活气息扑面而来。也是熟悉之感,但与宝玉和黛玉之间的熟悉不同,那是前世呵护与被呵护的关系,是前世走散今世相见的熟悉,而宝玉与宝钗之间则是你是我邻居多年,我却对你无感的熟悉。

宝钗的平和稳重掩不住她对通灵宝玉的好奇甚至渴望。让完座,上完茶,便迫不及待地要拿玉来看。只见那玉"大如雀卵,灿若明霞,莹润如酥,五色花纹缠护。这就是大荒山中青埂峰下的那块顽石的幻相"。正所谓:

女娲炼石已荒唐，
又向荒唐演大荒。

失去幽灵真境界，
幻来新就臭皮囊。

好知运败金无彩，
堪叹时乖玉不光。

白骨如山忘姓氏，
无非公子与红妆。

宝钗不会想到，这只是一块石头，是慕富贵荣华而来到尘世间的石头，是一块化身为美躯妙形的石头。一切皆是幻象，一切皆为荒唐，幻象亦是欲望，是虚妄，是美好，虚妄的美好带着光晕放大着幻象，释放着辉煌，满足世人的欲望。当虚幻归于虚幻，谁还记得金是否有彩，玉是否有光？况且金彩会失色，玉光会暗淡，究竟是到头一梦，万境归空。宝钗看到了美好，并沉溺于此。她看玉的样子很是虔诚，托于掌内，正面看完看反面，看完反面又翻过来看正面，口内念念有词："莫失莫忘，仙寿恒昌。"旁边的莺儿接话道："我听这两句话，倒像和姑娘的项圈上的两句话是一对儿。"这句话成功地勾起宝玉的好奇心，说："原来姐姐那项圈上也有八个字，我也赏鉴赏鉴。"宝钗有金，金上有字，宝玉入套了。但宝钗否认说："你别听他的话，没有什么字。"宝玉执意要看，宝钗拒绝，样子做得很足，在"被缠不过"的情况下只能给他，并说："也是个人给了两句吉利话儿，所以錾上了。"莺儿说："是个癞头和尚送的。他说必须錾在金器上。"还要往下说时被宝钗打断了。其实不说我们也能猜到，就是"遇到有玉的才能嫁"，但这样的话不能由莺儿说出来，更不能当着宝钗的面说，薛姨妈说出来更合适。薛姨妈也确实不遗余力地宣传推广，第二十八回，有这样一句，"薛宝钗因往日母亲对王夫人等曾提过'金锁是个和尚给的，等日后有玉的方可结为婚姻'等语，所以总远着宝玉"。这里的差别是金锁是和尚给的，而不是像莺儿说的金锁上的两句话是和尚给的，我相信癞头和尚给的是冷香丸。癞头和尚让黛玉出家这件事是黛玉来贾府时当着众人面说的，王夫人及贾家人都知道，而赠宝钗金锁并选指定有玉的才能嫁这件事，恐怕只有薛姨妈知道真相。

薛姨妈也不仅仅对王夫人说过，还对"王夫人等"说过，还有谁不知道？大概是能说的都说了。第三十四回，宝玉挨打，大家怀疑是薛蟠使坏，薛蟠不服气，回怼宝钗："从先妈和我说，你这金，要拣有玉的才可正配。"所以金玉之说薛蟠是听薛姨妈说的。宝钗呢，也是听母亲说的。抑或与母亲一起说的？我们不得而知，但她与薛姨妈一样，也是这个信息的传播者，只是她的方式更含蓄，在别人看来她不主动说起，只是迫于无奈回应追问，满足别人的好奇心罢了。

没有宝钗反复提及的"莫失莫忘，仙寿恒昌"，就引不出"不离不弃，芳龄永继"八个字，就没有宝玉说的"姐姐这八个字倒真与我的是一对"。此语在宝钗的诱导下由宝玉之口说出，让我们看到的是宝钗的主动与算计，宝玉的被动与漠然。宝玉只是描述眼前物，就文字而文字，没有意识到这句话连着金玉、串着婚姻，金玉姻缘就这样在日常对话中悄然引出，不见风起，不见波澜，似乎在少男少女的好奇中生成并传播开来。

金玉之说可不仅仅是传说，它演变成天赐神授，并得皇家助力的既定姻缘。第二十八回，元春所赐端午礼宝钗与宝玉的相同，宝玉不解，在他心目中应该跟黛玉的一样，那是与他"一桌子吃饭，一床上睡觉"的青梅竹马，而宝钗是亲戚是外人。他质疑："别是传错了罢？"并赶着让人拿给黛玉挑，黛玉知趣，只淡淡地让人带话："昨儿也得了，二爷留着罢。"一句"二爷"带出了疏离感。黛玉敏感，怎能不知其意，她抑制住自己的情绪，无力地静等事态发展。薛家更是懂其特殊意义，这是来自皇家的荣耀，更是对金玉之说的肯定，不爱花儿粉儿的宝钗便迫不及待地戴上元春所赐的红麝串子，惹得宝玉情思萌动。宝玉要看红麝串，但宝钗体胖臂膀粗，首饰摘得有点慢，宝玉在旁看着，目光由首饰转到了"雪白一段酥臂，不觉动了羡慕之心，暗暗想道：'这个膀子要长在林妹妹身上，或者还得摸一摸，偏生长在他身上。'正是自恨没福得摸，忽然想起金玉一事来；再看看宝钗形容，只见脸若银盆，眼同水杏，唇不点而红，眉不画而翠，比林黛玉另具一种妩媚风流，不觉就呆了"。果然红麝串起作用了，由麝串引到色相，由色相引发不得亲近的遗憾，又引到金玉之说，宝玉第一次有了金玉共鸣，元春的礼没有白赐。

有了金玉之说，有了来自皇家元春的认可与加持，金玉姻缘似乎势在必得，宝钗沉浸其中并自信满满；而宝玉在金玉之说的狂轰滥炸下几近崩溃，在梦中喊出："和尚道士的话如何信得！什么是金玉姻缘，我偏说是木石姻缘！"而"薛宝钗听了这话，不觉怔了"，"怔"字很是巧妙，不解、不服、不甘，她震惊于宝玉内心对木石姻缘的坚定和对金玉姻缘的反感。原来宝玉所说的"倒真与我的是一对"是无心之言，被红麝串儿引发的情动，也是意淫者瞬间的精神出轨，金玉姻缘长路漫漫。

漫漫长路，总要做些什么，世俗的姻缘要用世俗的手法解决。宝钗既懂兵法，合纵连横之术得心应手，又善统战，利诱心惑之法游刃有余。她"行为豁达，随分从时"，使那些小丫头亦多喜与她玩，她却"浑然不觉"。曹公真会欺人，很难说她出钱让湘云请客、给赵姨娘送礼物、给袭人送首饰、让莺儿拜茗烟的娘为干娘等，都是出自本性的善良，她将金钏之死归结于金钏的糊涂，把尤三姐之死和柳湘莲出家归因于"前生命定"且并不在意，她的善良只给助她上青云之人。

对"有些识见""言语志量，深可敬爱"的袭人，宝钗极尽亲密。湘云送的戒指有她一份。与香菱同款的裙子，猜猜谁送的？袭人让湘云为宝玉做针线，宝钗说，别了，湘云不自由、没时间，我来做如何？于是有了第三十四回袭人当着众人提醒宝玉让莺儿留下来打络子，贾母听后说道："好孩子，叫他来替你兄弟作几根。你要无人使唤，我那里闲着的丫头多呢，你喜欢谁，只管叫了来使唤。"一句"好孩子"破了贾母的淡定，感激之情都快溢出荣府了。宝钗套路袭人，袭人套路宝玉，宝玉套路贾母，连环套中，贾母动情了，虽然只是瞬时动情，但毕竟动了。

第三十八回，宝钗出钱，湘云请客吃螃蟹宴。到了藕香榭，见"茶筅、茶盂各色茶具"俱已摆好，"贾母喜的忙问：'这茶想的到，且是地方，东西都干净！'湘云笑道：'这是宝姐姐帮着我预备的。'贾母道：'我说这个孩子细致，凡事想的妥当。'"众人都看到了宝钗的好，都听到了贾母的赞许，湘云又一次做了宝钗的宣传使者。

于是众人眼中的金更加完美，更该配玉，但金与玉相比，是卑微的，金玉姻缘中的宝钗也是卑微的，卑微得在宝玉面前提都不能提，卑微得对嘲讽打击只能听着、忍着。她劝宝玉读书时宝玉摔门而去，她忍着；黛玉嘲讽她"就是哭出两缸眼泪来，也医不好棒疮"时，她"并不回头，一径去了"；当贾母说"从我们家四个女孩儿算起，全不如宝丫头"时，她也只能当好话听。

第三十回，当黛玉因宝玉奚落宝钗为杨妃而得意的时候，宝钗不再隐忍，但她的愤怒也只能借题发挥。小丫鬟靛儿找不到扇子，开玩笑说宝钗拿了的时候，她很硬气地让她去问素日嬉皮笑脸的那些姑娘。和宝玉嬉皮笑脸的姑娘除了黛玉还有谁？讽刺一个贵族女孩儿嬉皮笑脸真的是有些刻薄。当宝玉问："宝姐姐，你听了两出什么戏？"宝钗笑道："我看的是李逵骂了宋江，后来又赔不是。"宝玉便笑道："姐姐通今博古，色色都知道，怎么连这一出戏的名字也不知道，就说了这么一串子。这叫《负荆请罪》。"宝钗笑道："原来这叫作《负荆请罪》！你们通今博古，才知道'负荆请罪'，我不知道什么是'负荆请罪'。"宝玉刚刚给黛玉道过歉赔过罪。霸气吗？霸气。但能提金玉姻缘还是木石姻缘吗？不能，也不敢。

黛玉则霸气得多，在宝玉面前她无所顾忌，当宝玉问她"我的东西叫你拣，你怎么不拣"时，她可以任性地说："我没这么大福禁受。比不得宝姑娘什么金什么玉的，我们不过是草木之人。"而宝玉的回答是："除了别人说什么金什么玉，我心里要有这个想头，天诛地灭，万世不得人身。"毒誓，太毒了，为了让林妹妹安心居然发此毒誓，宝玉是多有信心和黛玉厮守终身？他不知道木石姻缘的阻力吗？而宝钗在宝玉面前只能夸黛玉的好，否则会引来宝玉的拂袖而去或反唇相讥，这就是爱与不爱的区别。黛玉有爱可依恃，无所顾忌；宝钗求的是婚姻，在感情面前只能卑微。

即便卑微着，宝钗的现实实力依然远远大于黛玉，木石前盟的神仙境界终会在尘世间暗淡，宝黛也终究是一场梦。黛玉结的包玉的络子不是金线，且在金玉之说中被黛玉亲手剪碎了；宝钗用金线络玉，其间又夹带着黑珠儿线，包是包住了，可终究绕不开黛玉。虽然对着山中高士晶莹雪，终不忘的，是那世外仙姝寂寞林。

黛玉：

无处安放的咏絮才

黛玉的判词与宝钗的是合在一起的："可叹停机德，堪怜咏絮才。玉带林中挂，金簪雪里埋。"黛玉有才，有咏絮才。《三字经》中有"蔡文姬，能辨琴。谢道韫，能咏吟"，谢道韫是与班昭、蔡文姬齐名的才女。她是东晋宰相谢安的侄女，嫁给王羲之之子王凝之。有一次下雪，家中长辈与兄弟姐妹都在一起，谢安指着雪问子侄们："白雪纷纷何所似？"侄儿说"撒盐空中差可拟"，谢道韫说"未若柳絮因风起"，这句诗为谢道韫成就才女之名，留下"咏絮才"的典故。

这样的才能放在黛玉身上，她知道，大家也知道，但知道并不意味着认可，黛玉的文学审美与当时的主流不同轨。看诗首先看人，看言谈举止是否符合社会规范；评诗先评人，而人以稳重取胜，才要内敛，人要平和。在贾家这种遵守儒家道德规范的贵族世家中，黛玉四溢的灵气是对李纨、宝钗之辈的冲击，更是对王夫人的冒犯，除了被人称赞聪明伶俐之外，只留下刻薄之名，别无益处。

贾府并不支持女性读书。李纨的父亲李守中认为"女子无才便有德"，"不十分令其读书，只不过将些《女四书》《列女传》《贤媛集》等三四种书，使他认得几个字，记得前朝几个贤女罢了"。这成就了李纨的"理"，尽管是礼崩乐坏的"礼完"，至少她还在践行着"礼"。贾家的媳妇王夫人、邢夫人、尤氏以及王熙凤都是没文化之人。

贾家姐妹对读书的态度从贾母与黛玉的对话中也能看出来，当黛玉问姐妹们读什么书时，贾母说："读的是什么书，不过是认得两个字，不是睁眼的瞎子罢了。"这是对女子读书的否定，聪明的黛玉立刻领悟，所以当宝玉问黛玉读什么书时，她说："不曾读，只上了一年学，些须认得几个字。"

但是爱书之人怎能放下书，那是唯一能减弱孤寂的事了，所以黛玉书读得好，诗写得好，她只做两件事：作诗和流泪。生活中除了流泪就是作诗，除了作诗就是流泪，抽空与宝玉吵吵架。与宝钗既作诗，也做女红相比，黛玉缺乏女主人的烟火气息。

有理家之才的王熙凤和有咏絮才的林黛玉以不同方式扰动着贾府的沉闷，熙凤的伶俐、泼辣惹了众怒，而黛玉的聪慧、脱俗也不讨众人喜，她"风流别致，缠绵悲戚"的诗在大观园不受推崇。贾府要的是符合社会礼制的含蓄浑厚的停机德，黛玉的咏絮才无处安放。贾政欣赏黛玉的才气，凡黛玉拟的大观园匾额一字不改都用了，但用的是才，弃的是人，贾政似乎并没考虑让黛玉做儿媳妇，有咏絮才的黛玉，比起宜室宜家的宝钗，赢的概率极小。

黛玉嘲笑刘姥姥"母蝗虫"时，宝钗对黛玉的评价颇为到家，她说："世上的话，到了凤丫头嘴里也就尽了。幸而凤丫头不认得字，不大通，不过一概是市俗取笑。惟有颦儿这促狭嘴，他用春秋的法子，将市俗的粗话，撮其要，删其繁，再加润色比方出来，一句是一句。这'母蝗虫'三字，把昨儿那些形景都现出来了。亏他想的倒也快。"也正是这句被宝钗大加赞赏的"母蝗虫"三个字，钉死了黛玉在众人眼里的刻薄。把老人家非人化融入惜春的画中，且巧妙无痕，确实聪明，不过总透着不厚道。

而宝钗的聪明没有凌人之气，容易被人接受，所以有了那句"众人听了，都笑道：'你这一注解，也就不在他两个以下。'"熙凤的市俗取笑使她与贾府众人打成一片，黛玉的春秋法子只能让她孤独，宝钗该市俗时市俗，该春秋时春秋，使她能从容地应对各色人等，得到了"行为豁达，随分从时"的评价，这样的聪明没有压迫感，让人舒服。

黛玉的聪明掩不住，她也没想掩。元春省亲时，"林黛玉安心今夜大展奇才，将众人压倒"，但元春只让每人作一首，黛玉未得展其抱负，因见宝玉独作四首，大费神思，就代他作了两首，作完后"写在纸条上，搓成个团子，掷在他跟前"。一副恃才孤傲的做派，有点我慧故我狂的意思。

题海棠诗时，李纨要推写得有身份的宝钗，在李纨这种守中之人的评判下，黛玉的风流别致自然输给宝钗的含蓄浑厚。看黛玉当时的行为，"提笔一挥而就，掷与众人"，一掷就掷出了与含蓄浑厚有身份的宝钗的不同，这样的行为，说好听了是恃才傲物，不好听那就是举止失当。这时候的黛玉十三四岁，活在贾母的宠爱与宝玉的钟情中。金玉之说似乎暂时平静，没有人觉察到平静之下的暗流，以才气为底气，黛玉又一次任性了，但不任性也改变不了结果，她知道因何而输，她也知道无力改变。

第二十八回的菊花诗，黛玉三首诗夺魁时说："我那首也不好，到底伤于纤巧些。" 这倒也不是完全自谦，探春所说的"到底要算蘅芜君沉着"，已经偏离了对诗的评价，黛玉明了，这是她明晰主流规范后的自我认知，她知道这种伤愁伤人伤己，只是，她到这世上就是来流泪的，她无法改变。

到了第七十回写柳絮词时，黛玉已经无意于诗词了。她的"嫁与东风春不管，凭尔去，忍淹留"与宝钗的"好风频借力，送我上青云"，都与才情无关，黛玉和宝钗都知道金玉姻缘已定，黛玉的聪慧退为哀伤绝望，宝钗的稳重演变为豪放，黛玉只能以缠绵悲戚仰望宝钗的志得意满了。这不是输在诗上，更不是输在才上，是输在了命上，木石姻缘敌不过金玉姻缘。

宝钗是聪明的，她的聪明用于人生规划，而黛玉，只是聪明着，聪明的她清楚地知道自己的处境。

收到宝玉的旧帕子时，黛玉神魂驰荡，她喜，她悲，她惧，但她的"题帕三绝"中只有哀和伤，她知道两情相悦带不来婚姻，没有婚姻的感情终究成空。她除了隐忍别无他法。她现在既不是那个不肯多说一句话，多行一步路的黛玉，也不是那个毫无顾忌地对周瑞家的说"我就知道，别人不挑剩下的，也不给我"的黛玉，更不是那个当着众人被宝玉单独留下说话的黛玉。

第三十五回，宝玉挨打后，她只能悄悄地观察着众人的动向，默默地关注宝玉的伤势，努力假装成局外人。她来到了怡红院，但只是独立在花阴之下，看宝钗去了，又同着母亲一起出来了，看见李宫裁、迎春、探春、惜春和丫头媳妇等人进了怡红院，又一起散尽了，不见凤姐儿来，只是奇怪，"心里自己算盘道：'如何他不来瞧宝玉？便是有事缠住了，他必定也是要来打个花胡哨，讨老太太和太太的好儿才是。今儿这早晚不来，必有原故。'一面猜疑，一面抬头再看时，只见花花簇簇一群人又向怡红院内来了。定睛看时，只见贾母搭着凤姐儿的手，后头邢夫人、王夫人，跟着周姨娘丫鬟媳妇等人都进院去了"。她不像第二十五回那样可以与大家一起去看宝玉，在众人的打趣下，憧憬着木石姻缘，此时的她只能悄悄地站在花阴下，看众人真情假意假情真意地来来往往。

黛玉是绝望的，她把绝望演绎成美，且在美中更加绝望。

芒种节是祭饯花神的日子，是"众花皆卸，花神退位"的红落花凋之日，本应是伤感之情，行的却是热闹之事，大观园中的花草树木都被装饰得绣带飘飘，姑娘们更是打扮得桃羞杏让、燕妒莺惭。这天宝钗扑蝶露出了从未有过的少女情态；迎春说黛玉"好个懒丫头！这会子还睡觉不成？"这是她少有的调侃之词；探春让宝玉在府外买些"轻巧玩意儿"，表现出了别致的兴趣。少女们在祭花的日子展露了天性，似乎红落只是春光闪了一闪而已，哪里会想到那是她们自己的命运呢。只黛玉一曲《葬花吟》把热闹拖进了哀伤，把葬春红引到了诸艳归源。

黛玉在时光流转中看到了物换人非，在花落碧枯中看到了生命的逝去。"试看春残花渐落，便是红颜老死时。一朝春尽红颜老，花落人亡两不知！"这是黛玉的命运，又何尝不是姐妹们的命运呢？

花神在狂欢中退位，女儿们在狂欢中毁灭，祭饯花神的同时也是祭饯自己，可悲的是自己不知，旁人不知，连个旁观者都没有。宝玉倒是在眼前，但他想护住的是女孩们眼前的洁净，无暇顾及她们的未来，正如他把落花倒入流水中一样，哪管流出贾府后的情景。

黛玉不同，她要的是从始至终的洁净，即使陨落后也不被玷污，所以要把落红埋入泥土，求的是随土化个干净。"未若锦囊收艳骨，一抔净土掩风流。质本洁来还洁去，强于污淖陷渠沟。"此时她在葬花，将来呢？"尔今死去侬收葬，未卜侬身何日丧？侬今葬花人笑痴，他年葬侬知是谁？"她没有安定感，宝玉感情的游移加深了她的悲观，她预想自己最坏的结局，吟出了葬花之悲，也道出了大观园女儿们的结局。

《葬花吟》写在暮春，《桃花行》写在初春，但春天的生机与欣喜全无，明艳的桃花也浸在泪中，刚听到春的声音就已在泪水中凋零：

若将人泪比桃花，泪自长流花自媚。
泪眼观花泪易干，泪干春尽花憔悴。

憔悴花遮憔悴人，花飞人倦易黄昏。

一声杜宇春归尽，寂寞帘栊空月痕。

眼中泪浸了眼前花，泪将尽花将凋，没有春来的暖意，只有春去的哀伤，她看到的是春归后的凄凉，是一轮孤月的寂寞。

如果说《葬花吟》还有一丝对情感的期盼和依恋，《桃花行》就只有绝望了，绝望得没有一丝抗争之心，黛玉放弃了，只是守着那份情感，默默地暗自伤神。

黛玉是理性的，她的《五美吟》用宝钗的话说是"善翻古人之意"，"命意新奇，别开生面了"，她超越了一时得失，从宏观的角度评价古人，没有通透和洒脱断不能有此视角。当她看清形势、理清思路后，除了哀伤，别无其他，更不会纠缠于木石姻缘，对宝玉也只有流尽眼泪旧债已偿，各自安好随命随缘了。她把情感藏在心中，抽身为一个旁观者，只待泪尽而去。

在宝玉成婚之日撕帕子的行为，虽然凄美，但未必是黛玉，她更不可能在临终前说出"我的身子是干净的"这样的话，干净之人想不到肮脏之事，续作者格局太小，不可能理解黛玉的洁净超然，她是那个落花入土随土化、"质本洁来还洁去"的女子，她的坦荡与高洁注定她走得洒脱而优雅。对，是神仙归位，绝不是控诉着"你们别玷污了我"的俗女子。

宝钗：从停机德说起

黛玉有咏絮之才，宝钗有停机之德。

停机德是《后汉书·列女传·乐羊子妻》的故事。乐羊子在外读书一年后回家，妻子问他为什么回来，他说想家了。于是妻子把他拉到织布机旁说：这些织品是从蚕茧中生出来，一丝一丝织成寸长，又一寸一寸织成丈长，你现在回来，跟把这些布剪断有什么区别？这是半途而废呀。乐羊子受了感动便又外出读书，七年没有回家。具有停机之德的宝钗是劝夫上进的女性。

宝钗在第七十回写的《临江仙》，是她人生追求的真实体现，"好风频借力，送我上青云"，多么豪迈的人生之路，这是她的性格，也是她的信条，她一直是借力发力。

书中有另外一个人也写过如此雄心壮志的诗，对，是贾雨村，他写的是"天上一轮才捧出，人间万姓仰头看"。他希望自己成为万世仰望的成功人士，他与宝钗有着同一种渴望，只是境况不同罢了。宝钗是大功告成后的志得意满，贾雨村是对未来的渴望和企盼。难怪有人把"钗于奁内待时飞"看作宝钗嫁给贾雨村的线索。

但如果说像贾雨村那样在官场仕途有追求的人才是薛宝钗理想的夫君似乎更为合理。男权社会，女性的价值只能通过男性实现，所谓妻以夫贵、母以子贵即是如此。探春恨自己身为女性不能成就一番事业，宝钗亦是如此。那个时代的女性囿于家中的方寸之地，有天赋、有才华也只能在家教子相夫，儿子成功，母亲尊贵，丈夫成功，妻复何求。如果丈夫毫无志向，只想醉死在温柔乡，妻子的愿望大概只能等来生了。当女性的一切，甚至生命都系于男性的时候，相夫教子不仅是美德，更是安身立命之根。

选择理想的人，比选择理想的家庭更为困难，贾家是理想家庭，但没有理想的人可选。贾府直系中只有三人未婚，宝玉、贾环和贾兰。贾环不提，贾兰年幼且辈分不对，宝玉是唯一人选。

选中了宝玉做丈夫，又难得有条件参与他的成长，以宝钗的雄心壮志面对一个只想醉死在温柔乡的男人，她当然不满足，于是要引导、帮助宝玉读书走正途，不仅仅要塑造一个理想丈夫，更要实现个人价值。何况宝钗对宝玉的目标期望与贾府长辈，至少与贾政一致，能赢得多数人的支持，且宝玉聪明、年幼，可塑性强，简直就是为宝钗天设的人物，还愁有家世、有容貌、智商在线的宝玉变不成自己理想的夫君？宝钗信心满满地开启了规劝打造之路。

书中没有直接写宝钗劝宝玉读书的情景，但间接描写告诉我们，宝钗的规劝之路一直没停过。第三十二回，湘云在怡红院与宝玉说金麒麟的事，贾雨村来访，要见宝玉，宝玉不愿见，湘云说："你就不愿读书，去考举人进士的，也该常会会这些为官做宰的人们，谈谈讲讲些仕途经济的学问，也好将来应酬世务，日后也有个朋友。没见你成年家只在我们队里搅些什么。"宝玉听了道："姑娘，请别的姊妹屋里坐坐，我这里仔细脏了你知经济学问的。"袭人赶紧接话说："上回也是宝姑娘也说过一回，他也不管人脸上过的去过不去，就咳了一声，拿起脚来走了。这里宝姑娘的话也没说完，见他走了，登时羞得脸通红，说又不是，不说又不是。"宝钗应该劝过不止一次，尴尬也应不止一次。

第三十六回，宝玉挨打后，贾母以养伤为由禁止贾政叫宝玉出去见人，宝玉"日日只在园中游卧……甘心为诸丫鬟充役……或如宝钗辈有时见机导劝，反生起气来，只说：'好好的一个清净洁白女儿，也学的钓名沽誉，入了国贼禄鬼之流。……'因此祸延古人，除《四书》外，竟将别的书焚了……独有林黛玉自幼不曾劝他去立身扬名等话，所以深敬黛玉"。宝玉喜欢女孩儿，讨厌女人，厌恶男人，这是把宝钗踢出女孩儿群，归入男人圈了。

第四十八回，黛玉说香菱写的诗"措词不雅"，让她重新作一首。"香菱听了，默默的回来，越性连房也不入，只在池边树下，或坐在山石上出神，或蹲在地下抠土。来往的人都诧异。李纨、宝钗、探春、宝玉等听得此信，都远远的站在山坡上瞧着他笑。只见他皱一回眉，又自己含笑一回。……宝玉笑道：'这正是"地灵人杰"。老天生人，再不虚赋情性的。我们成日叹说，可惜他这么个人竟俗了。谁知到底有今日。可见天地至公。'宝钗笑道：'你能够像他这苦心就好了，学什么有个不成的。'宝玉不答。"有大进步了，不是掉头就走，只是沉默，看你尴尬不尴尬。

宝玉顽劣不堪、胸无大志，宝钗的规劝之路很长，她不懈地努力着，宝玉似乎也没辜负她，从最开始的一走了之，到连书都烧了，到后来的沉默以待，是不是宝钗的规劝有效果呢？至少在宝钗看来他的接受度在提高。但宝玉的心离她越来越远，离黛玉越来越近，他的沉默以对，只是因为不想搭理。

宝钗是不是多事之人？王熙凤说她"不干己事不张口，一问摇头三不知"，所以她劝过的人都是跟她有关系的。她认真劝过几个人，宝玉、黛玉、湘云，还有邢岫烟，以及她的哥哥薛蟠。对宝玉是劝其读有用之书以求功名，那是自己的理想与希望；对黛玉是劝其别读有害之书，孤独的黛玉感受到从未有过的温暖，臣服了；对湘云是钱不够别请客，我帮你吧，一顿螃蟹宴尽显土豪气质，却也收服了囊中羞涩的湘云；劝邢岫烟，不要那些没用的东西（配饰），要从实守分才是，这是对弟媳妇的劝告。宝玉不用说了，是在塑造丈夫，邢岫烟是薛家媳妇，湘云、黛玉不是自家人，却与嫁入贾家有关，宝钗不做无用功。

为嫁入贾家，宝钗把有关人员几乎打通了。小红是宝玉房里的丫鬟，还是贾府管家林之孝家的女儿，但宝玉不认识，王熙凤不认识，宝钗却隔着窗户听声音就知道是她，并且知道她是最眼空心大刁钻古怪的；茗烟是宝玉的小厮，她的丫鬟莺儿认了茗烟的娘做干娘；赵姨娘在贾家没地位，但对贾政有影响力，于是薛蟠带回的礼物有她一份。在贾母面前，无论点菜还是点戏，都照着贾母的喜好来，老人家高兴。在王夫人面前更是贴心小棉袄，丫鬟自杀，姨妈别往自己身上揽，是她自己失足掉进去的；想给丫鬟衣服，怕现做来不及，姨妈不怕，我这儿有新做的，并且之前穿过，身量也合适；凤姐治病没人参了，姨妈别慌，我家铺子里有好的。宝钗是王夫人心中最温暖的人。贾政应该是考虑过宝玉与宝钗婚姻的，不然不会看到宝钗所出谜语的谜底时大有悲戚之状，但为什么贾政会选了宝钗，不得而知。

宝钗平时"罕言寡语，人谓藏愚，安分随时，自云守拙"，藏愚守拙的宝钗对别人倒没见恶意恶行，但对黛玉确实有过伤害。第二十七回滴翠亭事件，让黛玉成了小红的心病，黛玉这样"爱刻薄人，心里又细"的人知道自己与贾芸私传信物，岂不是死无葬身之地？小红将怎样防范黛玉？一旦有事，小红落井下石是难免的吧？第二十八回，大家都在王夫人处闲聊，贾母处有人叫吃饭，黛玉没等宝玉先走了，宝钗转眼对宝玉说："吃不吃，陪着林姑娘走一趟，他心里打紧的不自在呢。"探春、惜春都笑道："二哥哥，你成日家忙些什么？吃饭吃茶，也是这么忙碌碌的。"宝钗笑道："你叫他快吃了，瞧黛玉妹妹去罢。叫他在这里胡羼些什么。"你当着人家母亲的面，说她儿子的心被她不喜欢的女孩儿占据着，只能让她加深对黛玉的厌恶，并将对儿子的不满发泄到黛玉身上。

你能说两次都是无意而为吗？这是宝钗，是人情世故远超众人的宝钗，是智商情商都远超众人的宝钗，她从不莽撞而为。

宝钗骨子里浓浓的妈味儿总会在不经意间流露出来。如果说第四十五回宝钗规劝黛玉别读杂书，否则会坏了性情时还在约束自己，以姐妹情感化黛玉，第六十四回看到黛玉的《五美吟》后则是居高临下的训导了，在啰唆了一大堆显示才学的引经据典后说："今日林妹妹这五首诗，亦可谓命意新奇，别开生面了。"虽然表扬黛玉诗写得好，但怎么看也是尊者式的教导，若不是有人来叫，还不知道做什么以居高，说什么以临下呢。比宝玉大三岁、比黛玉大四岁的宝钗，无论从年龄还是从性情上，都明显成熟于宝黛，而她也陶醉于这样的角色，乐于成为大观园的引领者和教导者。在这点上，王熙凤看错了她。

宝钗表面看起来是罕言寡语、安分随时的，但求胜的心以及性格上的周全稳重才是她的本质，并使得她成为最终的形式上的胜利者。

宝钗最擅长的是对人诱导直到最终掌控，对湘云如此，对黛玉如此，对袭人如此，甚至对王夫人也如此。以宝玉的聪明，不可能不觉察宝钗的本性，最后出家是对尘世的失望，也是对宝钗掌控力的远离。

最终，宝钗没能掌控她最想掌控的人，反而使自己坠入终身凄苦的境地。

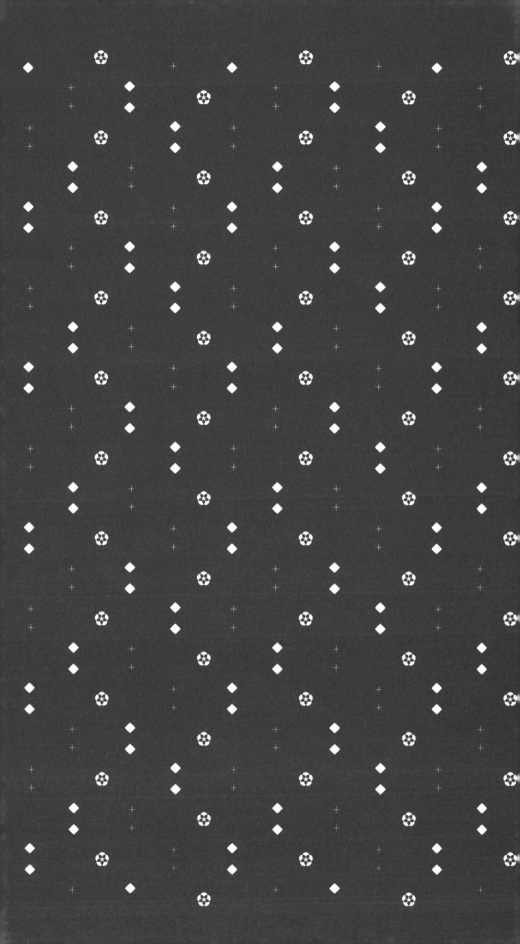

元　春：
何处寻得大梦归
131

迎　春：
侯门中的蒲柳
141

探　春：
漂泊人生亦清明
151

惜　春：
唯愿青灯伴古佛
163

元春：

何处寻得 大梦归

※

贾府这一辈女孩儿中，大小姐因"正月初一日所生，故名元春"。她为妹妹们定了"春"字，便有了迎春、探春、惜春，四姐妹的名字让我们看到了萌发时的欣喜、蓬勃中的狂欢和流逝中的惋惜。元，首、本、始也，是首位，是本源，是开始。开端即是王炸，元春"因贤孝才德，选入宫中作女史"。元春出生时虽无神器护佑，必是灵气盈盈给人无限期待，所谓"不重生男重生女""生女勿悲酸，生男勿喜欢""男不封侯女作妃，看女却为门上楣"，元春没让人失望，果然封妃。贾家视女儿为始、为首，视男儿为珠、为宝，有趣。元春的灵秀使贾家对第二个女儿充满期待，当然要迎，春来春要盛，盛春的美好不能一目而足，于是要探，探过之后便看到了盛极而衰，看到了春的归去，只剩惋惜，四姐妹的名字走过了春来春去，变成了"原应叹惜"。叹到什么程度？您看，您想，您感受。

因"宁府中花园内梅花盛开，贾珍之妻尤氏乃治酒，请贾母、邢夫人、王夫人等赏花"。脂批为："元春消息动矣。"元春要封妃，贾家的"烈火烹油，鲜花着锦之盛"近了，偏偏这时宝玉到了太虚幻境，看到了姐妹们的悲剧，看到了贾府结局，所谓烈火烹油之后是灰烬，鲜花着锦之后是凋零。难持久的灿烂应了元春的谜语：

能使妖魔胆尽摧，

身　如　束　帛　气　　如　　　雷　　　。
一声震得人方恐，

回　　首　　相看已化灰。

爆竹的瞬间辉煌带给人的震撼如同落日余晖的温暖，绚烂于天地之间，似乎驱散了世间所有的昏暗和阴冷，却只一跳一闪，之后是漫漫长夜。

第十六回贾政生辰，府中人"齐集庆贺"，"忽有门吏忙忙进来，至席前报说：'有六宫都太监夏老爷来降旨。'唬的贾赦贾政等一干人不知是何消息，忙止了戏文，撤去酒席，摆了香案，启中门跪接。……贾政等不知是何兆头，只得急忙更衣入朝。贾母等合家人等心中皆惶惶不定，不住的使人飞马来往报信"。元春的喜讯来得猝不及防，直到赖大禀报："咱们家大小姐晋封为凤藻宫尚书，加封贤德妃。""贾母等听了方心神安定，不免又都洋洋喜气盈腮。"这时的贾家已失了两公在世时的荣耀与显达，与宫中信息不通，太监传旨竟致全家惶恐不安，可见元春进宫不是圣上另眼相看。

第二回冷子兴对贾雨村说："如今的这宁荣两门，也都萧疏了，不比先时的光景。"脂批说："可知书中之荣府，已是末世了。"冷子兴的岳母是王夫人的陪房周瑞家的，对王家和贾家的情况都不陌生，他说的是实情。萧疏的贾府把女儿送到"那不得见人的去处"，什么原因？书中没写，读者不敢猜。

第七十四回，当王熙凤跟王夫人说要裁减丫鬟省些用度时，王夫人说："你这几个姊妹也甚可怜了。也不用远比，只说如今你林妹妹的母亲，未出阁时，是何等的娇生惯养，是何等的金尊玉贵，那才像个千金小姐的体统。如今这几个姊妹，不过比人家的丫头略强些罢了。"贾家的败落已在明面，之前不愿承认或不敢承认，所以"日用排场费用，又不能将就省俭"，尽管内囊已尽，也要维持着不能让架子倒下。此时，架子也锈了，再华丽的袍子也遮不住斑驳中透出的腐朽气，到了当家人都不得不认的时候。写了宫中人却没写宫中事，只有通过宫中人来猜宫中事。第十三回秦可卿去世，贾珍要为贾蓉买官壮门面，正好大明宫掌宫内相戴权备了祭礼来上祭，贾珍爽快不藏掖，明说我要为儿子买官，戴权更爽快，说本来有两个龙禁尉的缺，已经卖了一个，"还剩了一个缺，谁知永兴节度使冯胖子来求，要与他孩子捐，我就没工夫应他。既是咱们的孩子要捐，快写个履历来"。别人要一千五百两，咱自家人，只要一千二百两。这时候的宫中人很是亲密，一副贾家事就是我家事，我不管谁管的豪侠仗义之气。

第七十二回，夏守忠打发小太监来贾府，贾琏听说了，忙皱眉道："又是什么话！一年他们也搬够了。"当小太监说夏守忠买房子要借二百两银子，等年底与之前借的一千二百两银子一起还时，凤姐说："若都这样记清了还我们，不知还了多少了"。"夏守忠"，果然"下手重"，他不停地到贾府要钱，只是不知道他只对钱下手还是对人也下手。贾琏说："这一起外祟何日是了！"又说："昨儿周太监来，张口一千两。我略应的慢了些，他就不自在。"这时的宫中人则是我家事就是你家事，你不管谁管的无赖之气了。

贾家与宫中的纽带是元春，宫中对贾家的态度也是圣上对元春的态度，这样大跨度的转变是元春在宫中境况的转变。想象一下，第十三回之前元春因某种原因得到圣上关注，引宫中人侧目，只是信息并未传到贾家，所以太监传旨贾家恐慌。封妃后圣上与元春有蜜月期，王夫人时常进宫探视，元春也不时派人传消息过来，太监还经常送东西，节日礼物、生日礼物，不年不节的时候还有谜语、对联、诗词，日子富足又有情趣。这段时间，元春在宫中过得不错。回府省亲是贾府的荣耀时刻，更是元春的幸福时光，却也是贾府最后的辉煌。

元春封妃时，"宁荣两处上下里外，莫不欣然踊跃，个个面上皆有得意之状"。王熙凤平日对贾琏讽刺打击时候居多，此时面对从扬州回来的贾琏却是一脸的伏低做小状："国舅老爷大喜！国舅老爷一路风尘辛苦。小的听见昨日的头起报马来报，说今日大驾归府，略预备了一杯水酒掸尘，不知可赐光谬领否？"玩笑中透着您是我老大的谦卑。夫妻尚且如此，何况他人，贾府似乎又找回了先前的富贵荣耀。

圣上知臣心，"每月逢二六日期，准其椒房眷属入宫请候看视"。但因"有国体仪制，母女尚不能惬怀……不妨启请内廷銮舆入其私第，庶可略尽骨肉私情、天伦中之至性"。圣上的仁德和朝臣的荣耀需要广而告之让天下知晓，元春回府，承载的是圣上之心、之情、之德，修建大观园承载的是朝臣之礼、之敬、之忠。圣上本来是体贴万人之心，让宫中女子略表孝意才有此举，却不想修园子费钱，贾府落了不少亏空，以致后手不接，救无可救。

正月十五元宵节，元春要回家了。"至十四日，俱已停妥。这一夜，上下通不曾睡。"至十五日五鼓（凌晨三点钟），府中人开始盛装，准备迎接贵妃回家。只是迟迟不来，正等得不耐烦，有太监道："早多着呢！未初刻（中午一点十五分）用过晚膳，未正二刻（下午两点半）还到宝灵宫拜佛，酉初刻（下午五点十五分）进太明宫领宴看灯方请旨，只怕戌初（晚上七点多）才起身呢。"什么意思？办完婆家正事才能放个小假回娘家看看。吃饭、拜佛、领宴、看灯、请旨，宫中的事情不可减，宫中的程序不能少，宫中的节奏不能乱。回娘家只能抽空，什么时刻多长时间不重要，重要的是回去了，只要回去，只要看到娘家人，就能体现皇家的仁德，足矣。元春见到贾母王夫人等"欲行家礼，贾母等俱跪止不迭。贾妃满眼垂泪，方彼此上前厮见，一手搀贾母，一手搀王夫人，三个人满心里皆有许多话，只是俱说不出，只管呜咽对泣"。元春"安慰贾母、王夫人道：'当日既送我到那不得见人的去处，好容易今日回家娘儿们一会，不说说笑笑，反倒哭起来。一会子我去了，又不知多早晚才来！'说到这句，不禁又哽咽起来"。入宫不是元春所选，是贾家长者所为，这句话透着埋怨，也只有元春这个皇家人能说。见到父亲，依然先行君臣之礼，贾政颂着天恩，表着忠心，"贾妃亦嘱'只以国事为重，暇时保养，切勿记念'等语"。引元春破防的是"名分虽系姊弟，其情形有如母子"的宝玉，她"携手揽于怀内，又抚其头颈笑道：'比先竟长了好些……'一语未终，泪如雨下"。宝玉"三四岁时，已得贾妃手引口传，教授了几本书、数千字在腹内了"。元春"自入宫后，时时带信出来与父母说：'千万好生扶养，不严不能成器，过严恐生不虞，且致父母之忧。'"她知道贾母、王夫人的溺爱和贾政的严苛，如果依元春所言，宝玉恐不至于"风尘碌碌，一事无成"。

元春省亲很是热闹，游园、写诗、唱戏、吃酒、焚香拜佛，从晚上七八点钟到第二天凌晨一点多，五六个小时的狂欢，她有节制地释放着被压抑的青春，这是她进宫后不曾想过的与家人的相聚时刻。面对为她而建的省亲别墅，她"默默叹息奢华过费"。面对幼弟所题匾额，她笑道："'花溆'二字便妥，何必'蓼汀'？"她改匾额，赐"大观园"园名，赐了怡红院、潇湘馆、蘅芜苑、浣葛山庄等，匾额、园名透着单纯的诗意，她把诗意留在这里。题完匾额，她先题一绝云：

衔山抱水建来精，

多少工夫筑始成。

天上人间诸景备，

芳园应锡大观名。

元春不擅此道，不过白描式的写法不出错，身居皇宫，安全要紧，放飞自我是有风险的，这种写法高明。她说："我素乏捷才，且不长于吟咏，妹辈素所深知。今夜聊以塞责，不负斯景而已。"并让弟弟妹妹"各题一匾一诗，随才之长短，亦暂吟成，不可因我微才所缚"。她被身份、规矩束缚着，才不得施，志不得展，不希望把束缚压在别人身上，不要说是弟弟妹妹，别人亦是如此。她喜欢听龄官唱戏，却不指定唱什么，只说："龄官极好，再作两出戏，不拘那两出就是了。"龄官也确实随心所欲地拒了贾蔷指定的《游园》《惊梦》，唱了自己的本角戏《相约》《相骂》。

元春的包容给了少男少女肆意洒脱的空间，她开启了大观园的青春诗会。元春是妹妹们的偶像，探春谈到大家生日时说："大年初一日也不白过，大姐姐占了去。怨不得他福大，生日比别人就占先。"贾母也跟着元妃的兴致走，元春"差人送出一个灯谜来，命你们大家去猜"，"贾母见元春这般有兴，自己越发喜欢，便命速作一架小巧精致围屏灯来，设于堂屋，命他姊妹各自暗暗的作了，写出来粘于屏上，然后预备下香茶细果以及各色玩物，为猜着之贺"。还带动了板正的贾府政老爷，"贾政朝罢，见贾母高兴，况在节间，晚上也来承欢取乐"。偶像的力量是无穷的，皇妃姐姐喜欢作诗，皇妃姐姐让作诗，弟弟妹妹们不起诗社都对不住皇妃姐姐，连那个不十分读书，只不过将《女四书》《列女传》《贤媛集》等三四种书，只认得几个字，记得前朝几个贤女的李纨，在皇妃省亲时勉强凑成一律的李纨，在听说探春要起诗社时都说："雅的紧！要起诗社，我自荐我掌坛。前儿春天我原有这个意思的。我想了一想，我又不会作诗，瞎乱些什么，因而也忘了，就没有说得。既是三妹妹高兴，我就帮你作兴起来。"她评诗，亦评人，元春应该是她的标准。元春为了"不使佳人落魄，花柳无颜"，让几个能诗会赋的姊妹搬进大观园居住，让纯净之人搬进了诗意之地，一池春水微澜，大观园姐妹以诗歌演绎着少女情愫诠释着美。

但元妃的青春似乎早早被淹没了。宝玉出生，她便长姐如母，教授弟弟读书识字，后入宫中，脱离了父母家族的庇护。贾家于宫中消息是惶恐不安，元春在宫中怕是更无安宁。她的判词是：

二十年来辨是非，

榴花开处照宫闱。

三春争及初春景，

虎兕相逢大梦归。

虽有各种猜测，但辨的什么是非终究不得要领。二十年的劳心费神会耗尽人的心血，梦归是结局，也是她的宿命。

戌初刻到，丑正三刻离开，在家中停留五六个小时的元春离开了贾府，又回到了不得见人的地方，独自面对"喜荣华正好，恨无常又到"的人生。她只能"眼睁睁把万事全抛，荡悠悠芳魂消耗。望家乡路远山高，故向爹娘梦里相寻告：儿今命已入黄泉，天伦呵，须

139

要退步抽身早！"

她的哀泣如同凤姐梦中秦可卿的警告一样，淹没在因她而起的荣耀中。沉浸在繁盛中的贾家一点一点感受着富贵离去，一幕一幕眼看着万境归空。贾妃所说的"抽身早"是对无常的认知，是对轮回的无奈，她知进，更知退，但大多时候是退无可退，只能眼睁睁步入深渊走入毁灭。元春无力自保，更无力护住家人，她只能哭一声泣一声：快抽身吧，来不及了。

迎春：

※

侯门中的蒲柳

迎春的丫鬟司棋想吃豆腐，厨房只有过期变质的，想吃鸡蛋，太贵，还不好买，没有。宝玉的丫鬟晴雯要吃芦蒿，厨房管事柳家的忙问肉炒鸡炒，并"赶着洗手炒了，狗颠儿似的亲捧了去"。

贾母说："我知道咱们家的男男女女都是'一个富贵心，两只体面眼'。"这男男女女自然包括下人以及下人的下人，下人的待遇反映着主子的地位，迎春在贾府既不受重视，又老实无算计，她的丫鬟怎能得到尊重？

司棋也是暴脾气，带着人大闹厨房，"喝命小丫头子动手，'凡箱柜所有的菜蔬，只管丢出来喂狗，大家赚不成。'小丫头子们巴不得一声，七手八脚抢上去，一顿乱翻乱掷的"。这就坏了规矩，连探春和宝钗偶然商议了要吃个油盐炒枸杞芽儿，还给了五百钱，司棋一个小丫鬟如此嚣张，讨吃不成就砸厨房，比主子横多了。司棋不是规矩之人，她与表哥越了底线，犯了贾府大忌，这是司棋的问题，还是迎春管理的问题？如果司棋的主子是别人，比如宝钗或是黛玉会不会出这事儿？不好说，只能说在懦弱的迎春那里出事的概率要大些。

迎春房里有点混乱，她乳母聚赌不说，被抓后儿媳妇还逼着迎春求情免受处罚，当了主子的首饰攒珠累金凤还议论邢夫人的是非，说邢岫烟住在迎春这里钱不够用，她们要倒贴银子，迎春居然说："罢，罢，罢！你不能拿了金凤来，不必牵三扯四乱嚷。我也不要那凤了。便是太太们问时，我只说丢了，也妨碍不着你什么的。你出去歇息歇息倒好。"温和得像是自己做错事给别人道歉，难怪黛玉说她"真是'虎狼屯于阶陛，尚谈因果'"，黛玉不饶人，面对佛系的迎春她已经尽力温和了。

佛系的迎春把命运交到别人手里，除了躲避就是逃避，她的字典里没别的词。请看她的判词：

> 子 系 中 山 狼，
> 得 志 便 猖 狂。
>
> 金 闺 花 柳 质，
> 一 载 赴 黄 粱。

这是入了狼窝，被狼吃的节奏。

《红楼梦》曲她对应的是〔喜冤家〕：

> 中山狼，无情兽，全不念当日根由。
> 一味的骄奢淫荡贪欢媾。
> 觑着那侯门艳质同蒲柳，作践的公府千金似下流。
> 叹芳魂艳魄，一载荡悠悠。

迎春遇到孙绍祖是她的命，这命至少有一半是父兄给予的。迎春是贾赦的女儿、贾母的亲孙女，她的命不算苦，有父兄在，有祖母在，还有一个名义上的母亲邢夫人在，比起孤女黛玉、湘云要好得多，却几乎活成了弃女。

贾母不喜欢木讷之人，她对宝玉等人说王夫人是"不大说话，和木头似的，在公婆跟前就不大显好。凤儿嘴乖，怎么怨人疼他"。而迎春呢，话更少，能给读者留下印象的场景不多。第二十七回大观园祭花神，众人都在，独不见林黛玉，迎春说道："林妹妹怎么不见？好个懒丫头！这会子还睡觉不成？"

第三十一回，湘云来贾府，大家在逗湘云时迎春笑道："淘气也罢了，我就嫌他爱说话。也没见睡在那里，还咭咭呱呱笑一阵说一阵，也不知那里来的那些话。"这是她少有的轻松欢乐时刻，都是与姐妹们在一起。她的生命中，父亲、兄长、母亲都是缺位的，只有与姐妹们在一起，她的青春才有点亮色，那也是她生命中仅有的颜色。

众人眼中的迎春委实是个谁都能欺负的人。探春说她老实，宝钗心中她是个有气的死人，黛玉说她"虎狼屯于阶陛，尚谈因果"，老实甚至懦弱，兴儿说："二姑娘浑名是'二木头'，戳一针也不知嗳哟一声。"木讷到了极致。懦弱、木讷的迎春在"一个个不像乌眼鸡似的，恨不得你吃了我，我吃了你"的贾家生活都很艰难，何况到了中山狼孙绍祖家里呢。

南安太妃来时贾母不让迎春出来见面，在贾母眼中她不是值得炫耀的孙女。母亲邢夫人在迎春乳母出事时与她有过一次对话，里里外外透着不尽的嫌弃："如今别人都好好的，偏咱们的人做出这事来，什么意思。""你是大老爷跟前人养的，这里探丫头也是二老爷跟前人养的，出身一样。如今你娘死了，从前看来，你两个的娘，只有你娘比如今赵姨娘强十倍的。你该比探丫头强才是，怎么反不及他一半！"没有温情，更没有回护，只有厌恶：你太无能了，丢尽我的脸面。此时的迎春羞愧、无助，本应眷顾她的哥哥贾琏和嫂子熙凤面也没露，还好有姐妹来安慰，但宝钗、黛玉是亲戚，不好说话，只探春有点助力，但终究是自己的命，别人又能参与多少呢？

145

连下人都辖制不了的迎春遇到了中山狼，结局已然摆在那里。

贾赦给迎春选了"人品家当都相称合"的孙家孙绍祖，贾母心中不十分称意，却不想出头多事，只说"知道了"，贾政不乐意，无奈劝阻不了。不知道贾赦的人品相当因何而来，从迎春后来的叙述中我们知道贾赦拿了孙家五千两银子，估计是"家当"称合。这种行为给孙绍祖留下口实，当孙绍祖把"家中所有的媳妇丫头将及淫遍"，迎春劝告时，孙绍祖说："你别和我充夫人娘子，你老子使了我五千银子，把你准折卖给我的。好不好，打一顿撵到下房里睡去。"

一个侯门小姐就这样在孙绍祖的眼中口中心中失了门第、失了身份，沦为蒲柳。

善更容易纵容恶，恶遇到善便尽力释放，把恶发挥得淋漓尽致。夏金桂在宝钗那里不得不收敛，赵姨娘在芳官等小丫头面前也占不了便宜，王善宝家的脸上还不是挨了探春一掌。只是遇到孙绍祖的是迎春，她无力对抗，只能佛系地任其凌辱。

迎春到底有怎样的特质，让她被忽视、被欺凌，最终被虐待致死？

黛玉初到贾家时看到的迎春是："肌肤微丰，合中身材，腮凝新荔，鼻腻鹅脂，温柔沉默，观之可亲。"皮肤很好，身材微胖，话语不多，温温柔柔。这样的女子放在"秉绝代姿容，具希世俊美"的黛玉，品格端方、容貌丰美的宝钗以及俊眼修眉、顾盼神飞的探春中间确实显不出优秀。她很弱，容貌弱，性格弱，才情也弱。第十八回元春省亲时，大家作诗，她的诗是这样的：

园成景备特精奇，

奉命羞题额旷怡。

谁信世间有此境，

游来宁不畅神思？

诗的水平不敢恭维，只能说还算押韵、合律。

第二十二回，大家制谜、猜谜，迎春、贾环因谜制得不准确，元春赐礼时二人未得，迎春也并不在意。

第三十七回，探春起诗社，黛玉说："你们只管起社，可别算上我，我是不敢的。"别人不接话，知道她在矫情，唯迎春笑道："你不敢谁还敢呢。"她总是那么实心实意信别人，向来只听话不听音。

第四十回，大家说酒令饮酒，轮到迎春时，"迎春道：'桃花带雨浓。'众人道：'该罚！错了韵，而且又不像。'迎春笑着饮了一口"。表情是我错了正常，不错才稀奇呢。输赢重要吗？当然不，她淡然得如同世上没有竞争。

迎春知道自己没有才情，也不把这些事情放在心上，大观园成立诗社时她做副社长，管出题限韵，不参与写诗、评诗。你们诗写得好，我欣赏就是了，其实我怀疑她欣赏诗的能力也一般，所以评诗时她从不说话，你们说谁好那就好吧，我只是旁观者。

《红楼梦》通过诗表达情感，迎春不会，好吧，就让宝玉替她作。

迎春出嫁前，宝玉在迎春的住处紫菱洲徘徊，写下了这首诗：

池塘一夜秋风冷，
吹散芰荷红玉影。

蓼花菱叶不胜愁，
重露繁霜压纤梗。

不闻永昼敲棋声，
燕泥点点污棋枰。

古人惜别怜朋友，
况我今当手足情！

哪里是送姐姐出嫁，这分明是死别呀。"重露繁霜压纤梗""燕泥点点污棋枰"，琴、棋、书、画，迎春只能下棋，但这点爱好也被压制了。宝玉看到了迎春婚后的境况，也看到了结局。

迎春出嫁后回到娘家，说起她的凄苦，大家无不落泪，王夫人也只无奈地说："这也是你的命。"迎春哭道："我不信我的命就这么苦！从小儿没了娘，幸而过婶子这边过了几年心净日子，如今偏又是这么个结果！"她一直顺应命运，可这时也不禁呐喊："我不信我的命就这么苦！"

但《红楼梦》中的女性有哪个不认命呢？贾府的媳妇们，王夫人、邢夫人、李纨、尤氏、王熙凤，以及未来的媳妇薛宝钗，还有贾府的姑娘们，元、迎、探、惜四春加上黛玉、湘云、妙玉，都没能逃脱末世家族衰落带来的个人悲剧。宝玉认为凡山川日月之精秀，只钟于女儿，只有女儿是清净尊贵的，一旦沾染了男人便浊臭起来。是的，女孩儿是单纯的，在贾府被边缘化的迎春，至少还有姐妹们的祥和小港湾给些温暖，还能躲进《太上感应篇》以佛性应对身边的纷争。但女人不行，自从进入婚姻就没了自己，有了儿子为儿子，没儿子更惨，不被扫地出门就不错了。最终被千丝万缕的利益纠纷绕着、引着，扯进旋涡不得不抗争，但抗争力却是那样微弱。

迎春在贾家的时光没有十分美好，就像她说的："从小儿没了娘，幸而过婶子这边过了几年心净日子。"仅仅是心净的日子对她来说已是奢求，那是她一生中难得的安宁。当她在娘家哭诉时，王夫人只能哭着让她认命，母亲邢夫人并不关心她的婚后生活，问都不问，她的嫂子，有名的泼皮破落户"凤辣子"王熙凤也是缺位，贾母在众人的隐瞒下根本不知道此事，她的父亲贾赦大概拿着银子不知在哪儿逍遥呢。迎春已经被贾府放弃了，唯一得到的安慰就是姐妹们的眼泪。当王夫人问她想住哪里时，她说："乍乍的离了姊妹们，只是眠思梦想。二则还记挂着我的屋子，还得在园里旧房子里住得三五天，死也甘心了。不知下次还可能得住不得住了呢！"她已经绝望，黛玉是对情感的绝望，而迎春是对生命的绝望。

第八十回，薛姨妈要卖掉香菱，宝钗道："咱们家从来只知买人，并不知卖人之说。妈可是气的糊涂了。倘或叫人听见，岂不笑话。"卖人，无论卖什么人，在富足的商贾之家都不是光彩之事。赫赫扬扬的百年之家，荣府的长子，袭了官位的贾赦居然收了孙绍祖五千两银子，无论收在婚前还是婚后，都有卖女儿之嫌。父亲有如此行为，女儿怎能得到婆家尊重？遇到了中山狼更是万劫不复，懦弱的迎春焉有活路？连出嫁女儿的性命都保护不了，贾府男人枉为父兄。

第二十二回迎春所出谜语：

天 运 人 功 理 不 穷 ，

有 功 无 运 也 难 逢 。

因 何 镇 日

纷纷乱，

只 为 阴 阳 数 不 同 。

不善算计的她偏偏用算盘做谜底，怎么算都是一笔乱账。

探春：　※

漂泊人生亦清明

探春的生母是赵姨娘，对比同父同母的弟弟贾环在贾府的境遇，就知道她赢得贾母、王夫人及众姐妹的喜爱有多难。

第三回，黛玉初到贾府见到的探春是："削肩细腰，长挑身材，鸭蛋脸面，俊眼修眉，顾盼神飞，文彩精华，见之忘俗。"这样的小女孩儿会给你什么印象？对，气质好。气质好的女孩一般不笨，探春确实聪明，智商高，情商也高，是不多见的双商在线。宝钗也双商在线，但功利心太强，算计太深，探春的生存之道要清明得多。

她的判词是：

才自精明志自高，

　　　　生于末世运偏消。

　　　　　　　　　　清明涕送江边望，

　　　千里东风一　　梦　　　遥　。

探春有才、有志、有情、有心，压过贾府一众男性，只因女儿身便有无限遗恨："我但凡是个男人，可以出得去，我必早走了，立一番事业，那时自有我一番道理"。第五十四回，探春管家，赵姨娘为争二十两银子辱骂探春，探春羞愧、气愤，说出了这番话，是躲无可躲逃无可逃的无奈。当她真的远嫁离开贾府时，面对的是骨肉分离之痛。《红楼梦》曲她对应的是〔分骨肉〕：

　　　一帆风雨路三千，

　　　　　　把　骨肉家园齐来抛闪。

153

恐哭损残年，告　爹　娘，

　　　　　　休　把　儿　悬　念。

　　　　自古穷通皆有定，　离合　岂无缘？
　　　　从今分两地，　各自　保平安。
　　　奴　去　也，莫　牵　连。

以探春本性，她是能作为时绝不逃避，无能为力时旁观，看你们能烂到什么程度，到时能救则救，不能救，各自安好吧。"自古穷通皆有定，离合岂无缘？"探春是洒脱通透之人，她知道什么事、什么时候该为、可为、能为，她也知道什么事不能为，只能任其自然。"一任南北东西，各分离"，是面对命运的豁达，也是她处世的原则。与迎春的佛性不同，迎春是无助下的顺从；与黛玉的放弃也不同，黛玉是无望后的舍弃；与惜春的出世更不同，惜春是了悟后的遁世。探春试图主宰自己的命运，她是洞察情势后的有为。

探春清楚自己在贾府的处境，生母赵姨娘是贾府的万人嫌，《尚书大传·大战》有"爱人者，兼其屋上之乌，不爱人者，及其胥余"，汉王充《论衡·恢国》中有"恶其人者，憎其胥余"。所谓"爱屋及乌""憎其胥余"，探春和贾环都是赵姨娘的"胥余"，贾环是从贾母到王夫人再到奴仆无一人不憎恶嫌弃，他本人虽不堪，但把嫌恶赵姨娘之心移到他身上也是不争的事实。探春带着不讨喜的身份，让别人尤其是王夫人在厌恶她生母的同时喜欢她，简直是登天的难度。第五十四回，熙凤生病，探春协助李纨管家，赵姨娘因兄弟之死想多要银子闹得不可开交，探春伤心，李纨等"想他素日因赵姨娘每生诽谤，在王夫人跟前亦为赵姨娘所累，亦都不免流下泪来"。探春对赵姨娘说："太太满心疼我，因姨娘每每生事，几次寒心。"凤姐说："太太又疼他，虽然面上淡淡的，皆因是赵姨娘那老东西闹的，心里却是和宝玉一样疼呢。"兴儿说她："可惜不是太太养的，'老鸹窝里出凤凰'。"透着惋惜，更有抑制不住的赞美。可见赵姨娘的俗行恶语会反噬到探春身上，像带泥的雨点，总会在身上留下印痕，她要驱散乌云才能做到明月清风。

探春很能发现矛盾的根本所在，贾府的男人不管内宅事，权威人物是贾母、王夫人和凤姐，而凤姐在情感上与贾母亲厚，在血缘上与王夫人近密，虽然阴毒却也不是蛮横无理之人。贾母喜爱孙女，更喜爱聪明、敏锐、脱俗之人，探春天生如此，无须费心讨好。虽说黛玉比三个孙女更得贾母怜爱，但探春与迎春、惜春还是有所不同，这个孙女上得台面，况贾母的爱不是求来的，是自身优秀赢来的。什么样的心思手段能诓得住贾母？宝钗费尽心机还不是多次被打脸。王夫人是嫡母，作为女儿，只需得到她的认可，即可安枕无忧，探春做到了，做得滴水不漏。

王夫人少有自我，她压抑着自己，贾政面前藏着情感，贾母面前守着规矩，晚辈面前严肃木讷，唯有在儿子这里表露情感，那般温柔而炽烈。第二十五回，在王夫人房里，宝玉"进门见了王夫人，不过规规矩矩说了几句，便命人除去抹额，脱了袍服，拉了靴子，便一头滚在王夫人怀里。王夫人便用手满身满脸摩挲抚弄他，宝玉也搬着王夫人的脖子说长道短的"。此时宝玉十三岁，在当时已是婚配之龄，也算成年之人，王夫人犹亲密如此。宝玉是王夫人的命，是她全部的寄托，所以照看眷顾宝玉最能得其欢心，但不能像贾母那样夺走宝玉对母亲的依赖，更不能像黛玉那样让宝玉嬉笑怒骂皆为她一人。既要体现对宝玉的好，又不能过于亲近，让王夫人有剥离感，这点宝钗做到了，把宝玉交给她，王夫人依然是宝玉最亲密之人。探春也做到了，作为妹妹她有天然优势，但赵姨娘是天然屏障，利用优势克服屏障，探春做得巧妙无痕。她把钱交给宝玉代买"轻巧玩意儿"，既是对宝玉审美的信任，也是关系亲近的体现，更是她回护宝玉的借口。堂而皇之地为宝玉做鞋，在别人有微词的时候回怼一句：给谁做是情分，不是本分，谁对我好我就对谁好，管你什么亲的庶的。这样亲密仗义的言行到了王夫人那里自然会感叹："这孩子真懂事。"

让王夫人感到温暖的还有贴心小棉袄薛宝钗，行为豁达、随分从时的宝钗在贾府大得人心，探春与之亲近也不稀奇，多数情况下，探春都以她便利的身份维护着宝钗。

第二十九回，贾母带人在清虚观打醮，道士们给了宝玉一盘子金玉法器，贾母看见有个赤金点翠的麒麟眼熟，只是想不起来谁戴过，这时宝钗说："史大妹妹有一个，比这个小些。"不仅记得谁有，还记得是什么样子，很是详细。宝玉道："他这么往我们家去住着，我也没看见。"气氛有点尴尬，探春解围了，说："宝姐姐有心，不管什么他都记得。"人家又不是只记得这一件事，是事事都记得。虽然宝钗不像黛玉说的"他在别的上还有限，惟有这些人带的东西上越发留心"，但对金玉更为关注也是事实，别人不是没看破，只是不说破，探春出面维护，使宝钗、王夫人没那么难堪，王夫人对她怎不另眼相看。

第三十七回，大家结社写诗，李纨说宝钗的含蓄浑厚好过黛玉的风流别致，探春不顾宝玉的反对，说：“这评的有理，潇湘妃子当居第二。”第三十八回写菊花诗，李纨判黛玉夺魁，探春又表扬宝钗：“到底要算蘅芜君沉着”，却不见夸黛玉一句。

第五十六回，探春管家，实行改革，开发大观园的经济价值，其宗旨借李纨之口说出，“专司其职……使之以权，动之以利”，让专业的人做专业的事，有点现代管理的味道了。因蘅芜苑和怡红院两处院子多鲜花香料，平儿推荐宝钗的丫鬟莺儿的母亲管理，宝钗为避嫌推荐了宝玉的小厮茗烟的母亲，说两家亲厚，茗烟的娘可随时向擅长此事的莺儿娘讨教，探春笑道：“虽如此，只怕他们见利忘义。”平儿笑道：“不相干，前儿莺儿还认了叶妈（茗烟之母）做干娘，请吃饭吃酒，两家和厚的好的很呢。”你猜平儿是有意还是无意？探春听了，方罢了。两家亲厚，自是少些争名争利之事，但探春作罢还因为茗烟是宝玉的小厮，莺儿是宝钗的丫鬟，亲连着亲不好说话。同时她也看到了宝钗的心机，统战工作做得如此到位，不是她一个庶出女儿能惹的，得罪宝钗的成本太高，探春付不起。她可以驳赵姨娘，亲娘可以惹，辱骂就辱骂了，再气恼也是生母，不是叫一句姨娘就能抹去的，终归会原谅自己。但宝钗还是算了吧，自己虽叫王夫人母亲，但人家的贴心小棉袄是宝钗，况且自己与王夫人之间隔着赵姨娘，还真当自己是人家女儿？得罪黛玉无非惹贾母不悦，但贾母毕竟是祖母，老人家还能记恨孙女不成？算起来，宝钗对自己在贾府生存状况的影响大于黛玉，不能惹。

第二十七回，探春对宝玉说：“我只管认得老爷、太太两个人，别人我一概不管。就是姊妹弟兄跟前，谁和我好，我就和谁好，什么偏的庶的，我也不知道。”姊妹中，她与宝钗并无血缘关系，与黛玉是姑表姐妹，与迎春是堂姐妹，与惜春已是第五代血亲，这句话实实在在在为自己近宝钗而远黛玉开脱。但她与黛玉的关系还算亲密，第七十六回中秋节，王熙凤生病不在，宝钗出了大观园，宝玉心情不佳活跃度不高，但大家聚在一起人并不少，可"贾母犹叹人少，不似当年热闹"，黛玉不觉感怀垂泪，况"探春又因近日家事着恼，无暇游玩。虽有迎春惜春二人，偏又素日不大甚合"。黛玉与迎春、惜春不合，那合的当然是探春了。但探春在公开场合不亲近黛玉，甚至表现出一定程度的疏远。

第六十二回，探春细数众人生日，有元春、太祖太爷，到宝钗时是这样说的："'过了灯节，就是老太太和宝姐姐，他们娘儿两个遇的巧。三月初一日是太太，初九日是琏二哥哥。二月没人。'袭人道：'二月十二是林姑娘，怎么没人？就只不是咱家的人。'探春笑道：'我这个记性是怎么了！'"她们娘俩遇得巧，多亲密的说法，只不知道贾母是否乐意。到了二月直接说没人，连太祖太爷和贾琏的生日都没忘，居然不记得天天相见的黛玉生在哪天，人能说你当众故意如此吗？她知道王夫人对黛玉的厌恶。

探春不能慰藉王夫人的孤独，也无从排解她的委屈，但可以化解她的尴尬。第四十六回，贾赦讨鸳鸯，鸳鸯不从，在众人面前剪发明志，因王夫人在旁，贾母便向王夫人道："你们原来都是哄我的！外头孝敬，暗地里盘算我。有好东西也来要，有好人也要，剩了这么个毛丫头，见我待他好了，你们自然气不过，弄开了他，好摆弄我！"这时"王夫人忙站起来，不敢还一言"。探春是有心的人，知道别人都不适合出面说话，赔笑向贾母道："这事与太太什么相干？老太太想一想，也有大伯子要收屋里的人，小婶子如何知道！便知道，也推不知道。"话说得字字点在穴位，让人驳无可驳，所以犹未说完，贾母笑道："可是我老糊涂了！姨太太别笑话。你这个姐姐他极孝顺我……"一句话解了王夫人之困，也给贾母搭了台阶，否则二人都不好收场。这件事不光彩，也不简单，祖母、伯母、嫡母都卷入伯父的纳妾之事，自然是能躲就躲，李纨带着姐妹们撤退是明智之举，十三四岁的探春能停下来观察事态走向，有勇气出来调解，还一句话就平息了贾母的愤怒，这个女孩儿不简单。

探春提议起海棠诗社，很重要的理由是：栖泉石之间，慕薛林之技，风庭月榭，当宴集诗人。知道自己的诗才"难与薛林争"，探春搭了一个让别人展示才华的平台，是有大格局之人。

诗词是她们日常生活的一部分。第五十回，芦雪庵争联即景诗，黛玉、湘云、宝琴三个人抢答，用湘云的话说，"不是作诗，竟是抢命呢"。第七十六回中秋夜，贾母隔水闻笛，黛玉、湘云临水联诗，于清寂中绘出绝美画面。这是生活的自然过程，也是生活的组成部分。但有了诗社，写诗就有了仪式感，在诗与人、诗与生活之间织了一层纱，透过诗看人、看品、看性格、看生活，甚至看未来。

把写诗变成游戏，把孤寂演成热闹，让贾府这个堕落之地有了清雅纯净，让礼教压抑着的生活勃发了青春，探春有能力改变周围人的生活。诗社中才华突出的是宝钗和黛玉，探春做了幕后英雄，而协助李纨管家，则使探春因高超的管理水平由配角变成了主角。

开始没人看好庶出的探春，"只三四日后，几件事过手"，众人便"渐觉探春精细处不让凤姐，只不过是言语安静，性情和顺而已"。兴儿说："三姑娘的浑名是'玫瑰花'。"原因是"无人不爱的，只是有刺戳手"。凤姐说探春："心里嘴里都也来的"。平儿对管家婆子媳妇们说："那三姑娘虽是个姑娘，你们都横看了他。二奶奶这些大姑子小姑子里头，也就只单畏他五分。"这些言论都是对她能力的肯定。她表面风平浪静，心中自有丘壑，没有管家经验，但明了管家之道。当那些刁奴想欺幼主时，她只用规则、旧例，便一招制敌。当赵姨娘当众发难说"你只顾讨太太的疼，就把我们忘了""就忘了根本，只拣高枝儿飞去！"时，她以礼教规范驳得赵姨娘哑口无言。

探春以公心处理事务，不欺己、不欺人、不欺天，她清楚地知道贾府的财务危机，也看到症结所在，于是开启了经济体制改革之路。改革是利益的重新分配，不免要触动一些人的既得利益，她智慧地选择府中最体面的宝玉、凤姐开涮，不能杀鸡，拨几根鸡毛还是可以的，让猴收敛起张狂，按规则办事。

女孩子的胭脂水粉、男孩子的学费都是几处支出，太浪费了，停发；园子很大，管理成本很高，好办，收益归劳动者，别拿工资了，花草香料，水果蔬菜，谁擅长什么就去做什么，园子里的收成都归你，我只要一个花繁叶茂。几项措施下来，财务乱局有了一些改观，虽然不能解决根本问题，贾府的衰落也阻止不了，但求慢一点，再慢一点。

探春以她的方式告诉我们，衰落是天灾，也是人祸，人不堕落，还可减缓颓势，但看府中人，救无可救。当人人走入迷局，便有匪夷所思之事。抄检大观园是邢夫人推波，王善保家的助澜，王夫人入局，做了发起人。王熙凤无可奈何只能随其行动。

探春的反应是震惊、愤怒，贾家混乱至此，需要抄家来证明人的清白，小事被外化成天大的事。探春对抄家人的态度是：搜我可以，搜丫鬟不行，她护的不是丫鬟，而是贾府的尊严。王善宝家的挨打，是因为她乱了秩序。第五十五回，赵姨娘弟弟赵国基去世，赵姨娘说"如今你舅舅死了"，探春说："谁是我舅舅？我舅舅年下才升了九省检点，那里又跑出一个舅舅来？我倒索习按理尊敬，越发敬出这些亲戚来了。既这么说，每日环儿出去，为什么赵国基又站起来，又跟他上学？为什么不拿出舅舅的款来？"她以家庭伦理秩序驳斥了赵姨娘，而王善宝家的违背了主尊奴卑的封建伦理。贾府长者为尊，即使长辈的奴婢也要高看三分，尤其是年老的妈妈们。邢夫人是荣府长媳，地位很是尊贵，但陪房就是陪房，越不过主子，她有些胆大且妄为了，敢掀探春的衣角，探春的满腔怒火正好发泄在她身上。那一掌，是对长辈乱为的愤怒，是对秩序混乱的焦虑，是对伦理失范的无奈，无从发泄下正好有人递了靶子过来，不打你打谁？

探春怒斥着："你们别忙，自然连你们抄的日子有呢！你们今日早起不曾议论甄家，自己家里好好的抄家，果然今日真抄了。咱们也渐渐的来了。可知这样大族人家，若从外头杀来，一时是杀不死的，这是古人曾说的'百足之虫，死而不僵'，必须先从家里自杀自灭起来，才能一败涂地！""咱们倒是一家子亲骨肉呢，一个个不像乌眼鸡，恨不得你吃了我，我吃了你！"这番话直击要害，贾府表皮光鲜内囊已烂，而众人还在内囊中撕扯。只是由探春说出令人震撼，府中长辈的非理性行为越发令人焦虑，她们的解决之法是加剧内斗，可能认为把别人整倒，问题就解决了，或许不为解决问题，只要整倒别人就有天大的乐趣。府中男性似乎成了旁观者，内宅的事内宅人解决，男性是管大事的，些许小事别来烦我。

第七十回，大家放风筝，一个喜字带走了两个凤凰，预示了探春的远嫁。第七十七回，"有官媒婆来求说探春"，探春这只风筝真的要起飞了，只是不知道那根线是否还在贾家手中。远嫁的探春还能回来吗？脂批说："使此人不远去，将来事败，诸子孙不致流散也。"只可惜，贾府没能留住探春，她空负智慧，眼睁睁看娘家败落，兄弟流散。

她，救不了贾家。

惜春：

唯愿青灯 伴 古佛

惜春的身份有点尴尬，她是宁国府贾敬的女儿，贾珍的妹妹，母亲早逝，与迎春、探春随贾母生活。后来贾母说孙女儿们太多了，一处挤着不方便，只留下宝玉、黛玉解闷，让迎、探、惜三春跟王夫人居住，令李纨陪伴照管。迎春和探春是贾母的亲孙女，而惜春与贾母没有血缘关系，虽然贾母从来说的是三个亲孙女，听起来暖心，待遇也无差别，但惜春心理上的疏离感恐怕难以克服。比较起来，黛玉无论血缘还是心理上都与贾母亲近得多，黛玉都自认为寄人篱下，惜春呢？

惜春第一次出场是黛玉进贾府时，她"身量未足，形容尚小"。当时黛玉六七岁，惜春应该不超过五岁，还是幼儿呢。她母亲早逝，父亲在道观中烧丹炼汞，平时无人看顾，目睹贾母如此宠爱比她大不了几岁的黛玉，可有羡慕之情？

第七回，周瑞家的送宫花给三姐妹，看到迎春和探春下棋，惜春跟"水月庵的小姑子智能儿两个一处顽笑"，她的玩伴似乎只有智能儿。而智能儿能进贾府几次呢？大多时候惜春只能独处，没有长辈的关爱，没有同龄人的陪伴。她随着姐姐们给长辈请安、吃饭、参加活动，看起来色色不少、样样不落，不过惯例罢了。

第五十四回，正月十五元宵节贾府放烟火花炮，"林黛玉禀气柔弱，不禁毕驳之声，贾母便搂他在怀中"，王夫人搂着宝玉，湘云最是大胆不怕的，宝钗等说"他专爱自己放大炮仗，还怕这个呢"，却有薛姨妈搂着，最小的惜春连同她的两个姐姐却是无人呵护。

第三十九回，李纨夸鸳鸯时，惜春笑道："老太太昨儿还说呢，他比我们还强呢。"她在意周围人的态度，更在意贾母的赞美，可惜贾母的赞美没有给她。

贾母也是个孤独者，虽平日有人奉承，但大多含蓄婉转，来个情商极高的乡下同龄人刘姥姥，奉承得坦荡直白，把老人家哄得有点失了方向，炫了园子又开始炫孩子，这一炫就炫出了惜春的高光时刻。当刘姥姥说："谁知我今儿进这园里一瞧，竟比那画儿还强十倍。怎么得有人也照着这个园子画一张，我带了家去，给他们见见，死了也得好处。"贾母立刻接到"你瞧我这个小孙女儿，他就会画。等明儿叫他画一张如何？"

作画让惜春成为大观园的中心，有了一次因她而起的聚会，虽然被宝钗、黛玉抢了话语权，但毕竟因她而起。此后，"宝玉每日便在惜春这里帮忙。探春、李纨、迎春、宝钗等也多往那里闲坐，一则观画，二则便于会面"。惜春的蓼风轩被一张画驱走了孤寂。人还是要有一技傍身，会有无限可能等你呢。香菱曾指着画上的美人说："这一个是我们姑娘，那一个是林姑娘。"告诉我们惜春真的会画，画得形象逼真，贾母的炫以事实为依据，惜春以才华成全了贾母的炫耀。"原应叹息"四姐妹中，元春堪称四角俱全之人，她父母双全，有弟弟，有妹妹，其余三姐妹可没有这样的幸运——迎春的母亲过世，父亲贾赦形同虚设；探春是庶出，屡受赵姨娘连累，日子过得不清净；惜春近同孤儿，且宁府名声不佳，她自觉面上无光。如此环境中成长的孩子怎能烂漫？同时三姐妹也各有各的智慧，惜春的聪慧敏感不在宝钗、黛玉之下，只是隐于文字之间，不易被发现。

第七回周瑞家的替薛姨妈送宫花，看到智能儿在，问她："十五的月例香供银子可曾得了没有?"智能儿说不知道。"惜春听了，便问周瑞家的:'如今各庙月例银子都是谁管着?'周瑞家的道:'是余信管着。'惜春听了笑道:'这就是了。他师父一来，余信家的就赶上来，和他师父咕唧了半日，想是就为这事了。'"第七十四回抄检大观园时，她的丫鬟入画被抄出私藏财物，入画说是贾珍赏她哥哥的，凤姐说:"只是真赏的，也有不是。谁许你私自传送东西的!"惜春道:"若说传递，再无别个，必是后门上的张妈。他常肯和这些丫头们鬼鬼祟祟的，这些丫头们也都肯照顾他。"幼小的惜春竟能把人物的行为表现作为线索，推断出事情的前因后果、发展态势，逻辑思维一流，这点恐怕黛玉也有不及。

惜春的存在感甚至比沉默的迎春还少。姐妹中她最小，又不是荣府之人，关注她的人少，怜爱她的人更少，她静默以观，看成人世界的风霜雨雪花开花落，看多了，也就看懂了，看懂了只能更沉默。

与智能儿顽笑应该是她少有的愉悦时刻，由此产生了对佛门的向往。第二十二回惜春所出谜语是:

前 身 色 相 总 无 成 ，
不 听 菱 歌 听 佛 经 。
莫 道 此 生 沉 黑 海 ，
性 中 自 有 大 光 明 。

贾政认为惜春所作海灯是"清净孤独"，但惜春认为是"大光明"。在她短短的人生体验中，佛中人比家中人更能给她愉悦，让她安宁，她小小心灵已经有了逃避贾府的意识，所以当周瑞家的给她送宫花时，她说:"我这里正和智能儿说,我明儿也剃了头,同他做姑子去呢,可巧又送了花儿来。若剃了头,可把这花儿戴在那里!"这时她未必知道此话的意义,只是纯粹的心理认知,出家做姑子可以摆脱眼前的人和事,可以感受另外一种生活。不过自己懵懂,家人不知,只有贾政感受到四个女孩儿的凄苦哀伤,觉察到家族命运的晦暗无常。

贾家是大家族,人多、事多、矛盾多,但平时一团和气,尤其是成人世界,往往用谈笑风生掩饰刀光剑影,大观园儿女较少卷入矛盾中,即使牵涉其中也多由大人出面解决。第五十四回,贾母、王熙凤的唇枪舌剑本由黛玉引起,但她成了旁观者。孩子之间的冲突多表现为吵闹游戏,夹杂着玩笑,吵完就过,过后还是好姐妹。但抄检大观园是贾府矛盾的集中爆发,触发的原因很多,有母亲对青春期儿女的焦虑,有主子对奴仆失控的危惧,有因冲动而轻信的昏庸,有家族衰落过程中的恐惧,等等。这次冲突对贾府的副作用自不必言,少男少女生活中的安定感更是被冲击得七零八落。

年少的惜春看到抄家之人进来,因"尚未识事,吓的不知当有什么事故"。当从她的丫鬟入画处抄出银子等财物时,她害怕,对王熙凤说:"我竟不知道。这还了得!二嫂子你要打他,好歹带他出去打罢,我听不惯的。"她惶恐,知道免不了处罚,但是别让她看见,不能看入画被打或者不能看任何人被打,总之人不能在她面前打。当入画求饶时,惜春道:"嫂子别饶他这次方可。这里人多,若不拿一个人作法,那些大的听见了,又不知怎么样呢。嫂子若饶他,我也不依。"说得绝情,却是理性之言,入画的行为虽合乎情理,终究违规,惜春要罚,理由充分有力,入画不罚别人会有样学样,小错不罚就会犯大错,所以惜春房里不会出现欺主之事。

惜春要尤氏将入画带走时说："这些姊妹，独我的丫头这样没脸，我如何去见人！"惜春是敏感细腻之人，看重别人的评价。入画所犯之事很小，小到凤姐、尤氏都不追究，但她认为实在是打脸，甚至说"或打或杀或卖，我一概不管"。话说得绝情、恶毒。焦大公开骂出了宁府的肮脏，身在荣府的惜春对各种传闻辨不得又听不得，也许最好的做法是：我住在荣府，宁府之事与我无关。却不想入画与兄长之间的财物传递让她陡然面对现实，终究还是宁府中人，千丝万缕的联系逃无可逃避无可避，或许杜绝宁国府能免受牵连。于是"他只以为丢了他的体面"，断不肯留下入画，并说："不但不要入画，如今我也大了，连我也不便往你们那边去了。况且近日我每每风闻得有人背地里议论什么多少不堪的闲话，我若再去，连我也编派上了。"明明白白告诉尤氏，再不断交恐怕本小姐也没好名声了。

"尤氏道：'谁议论什么？又有什么可议论的！姑娘是谁，我们是谁。姑娘既听见人议论我们，就该问着他才是。惜春冷笑道：'你这话问着我倒好。我一个姑娘家，只有躲是非的，我反去寻是非，成个什么人了！还有一句话，我不怕你恼：好歹自有公论，又何必去问人。古人说得好，善恶生死，父子不能有所勖助。何况你我二人之间。我只知道保得住我就够了，不管你们。从此以后，你们有事别累我。'……尤氏道：'可知你是个心冷口冷的人。'惜春道：'古人曾也说的，不作狠心人，难得自了汉。我清清白白的一个人，为什么教你们带累坏了我！'"

这番话着实触动了尤氏心事。贾珍、贾蓉父子与秦可卿之间，贾珍、贾琏兄弟与尤二姐、尤三姐之间的故事瞒得了谁？焦大之骂应是人尽皆知，惜春怎能没有耳闻，这样的丑闻让她无地自容。入画出事对她来说是人生污点，如同被宁府的污水溅了一身，只有跳出污浊之地才能保持纯净。于是她要舍了入画，似乎只有这样才能与宁府断绝，才能保住自身清白。这不是无情，是舍如何，不舍又如何的无奈，是舍亦是不舍，不舍亦是舍的了悟，所以她说："我不了悟，我也舍不得入画了。"

了悟的惜春最终选择了佛门，也许是现实的丑恶与凄凉，也许是幼时记忆中的安宁与愉悦，也许是姐姐们的命运令她陷入无望，总之"三春去后诸芳尽"，她"将那三春看破"，世间的"桃红柳绿待如何"，不如去找那"西方宝树唤婆娑，上结着长生果"。

史湘云：末世中的霁月光风

177

巧姐儿：繁花落尽梦无痕

187

妙　玉：泥淖之中何以净

195

香　菱：留不住的安稳与诗意

207

史湘云：

末世中的霁月光风

霁月光风的史湘云偏偏生于末世，于是末世的霁月光风便也演绎着悲剧。湘云的判词是这样的：

富贵又何为？

褓襁之间父母违。

展眼吊斜晖，

湘江水逝楚云飞。

无论出生在何等人家，一旦成为孤儿，便与富贵无缘了。林黛玉的林氏家族四世为侯，虽是列侯，但也是侯，且父亲林如海是前科探花，虽不如贾府，也是贵族之家，父母去世后依然在舅舅家过着寄人篱下的日子。第四十五回，黛玉与宝钗互剖金兰语时，宝钗说身体不好，吃燕窝比吃药管用，黛玉说："我又不是他们这里正经主子，原是无依无靠投奔了来的，他们已经多嫌着我了。如今我还不知进退，何苦叫他们咒我？""我是一无所有，吃穿用度，一草一纸，皆是和他们家的姑娘一样，那起小人岂有不多嫌的。"这是黛玉的处境，湘云不同，她族中有人，跟叔叔过活，不算寄居别家，家产中有她一份，只是这家产似乎并不丰厚，重要的是她没有像黛玉那样的祖母或外祖母疼她，日子便更为凄惨。

书中一贯做法，没有直接描写，但通过宝钗与袭人的对话，以及一些场景描述，我们知道湘云生活的大致状况。第三十回，史家来人到贾府接湘云回去，"那史湘云只是眼泪汪汪的，见有他家人在跟前，又不敢十分委曲"。连委屈都要隐藏起来，湘云的日子过得压抑，她的童年没有烂漫。

179

第三十二回，袭人让湘云给宝玉做针线活，宝钗听到后说："你这么个明白人，怎么一时半刻的就不会体谅人情。我近来看着云丫头神情，再风里言风里语的听起来，那云丫头在家里竟一点儿作不得主。他们家嫌费用大，竟不用那些针线上的人，差不多的东西多是他们娘儿们动手。为什么这几次他来了，他和我说话儿，见没人在跟前，他就说家里累的很。我再问他两句家常过日子的话，他就连眼圈儿都红了，口里含含糊糊待说不说的。想其形景来，自然从小儿没爹娘的苦。"湘云的日子不太像侯门小姐，做针线是贾府小姐们的功课，对湘云来说却是讨生活，性质不同、意义不同，承载的压力也不同。第五十一回有这样一个情节，袭人不在，晴雯、麝月等侍候宝玉睡觉，晴雯只在熏笼上围坐。"麝月笑道：'你今儿别装小姐了，我劝你也动一动儿。'晴雯道：'等你们都去尽了，我再动不迟。有你们一日，我且受用一日。'麝月笑道：'好姐姐，我铺床，你把那穿衣镜的套子放下来，上头的划子划上，你的身量比我高些。'说着，便去与宝玉铺床。晴雯嗐了一声，笑道：'人家才坐暖和了，你就来闹。'"此时宝玉"忽听见晴雯如此说，便自己起身出去，放下镜套，划上消息"。这里，我们看到了晴雯的做派，她只在最关键的时候才动手做针线，比如勇补雀金裘，平时那是当小姐养着的。而湘云呢，这个千金小姐要做针线到深夜，这种苦楚很难道与外人。

第三十七回，大观园起诗社，这种热闹当然少不了湘云，宝玉要去请，袭人说："什么要紧，不过玩意儿。他比不得你们自在，家里又作不得主儿。告诉他，他要来，又由不得他；不来，他又牵肠挂肚的。没的叫他不受用。"这样比较起来就知道贾府孩子们的自由幸福了。探春一个帖子召来众人起了诗社，谁想请客备了果子茶点就请了起来，不像湘云，请了客人却发现钱不够，还得宝钗赞助。即使寄居贾家的黛玉，每逢用钱都是贾母单独另给，给凤姐过生日的份子钱大家问都不问就知道黛玉那份是贾母出，给父母过祭日的所需之物也是贾母另备，平日里还时不时给点零花钱，宝玉得了什么好东西首先想到的是林妹妹有没有，黛玉无论在精神上还是物质上与湘云比较都是富足的。

湘云的孤苦无依隐在"英豪阔大宽宏量"背后，她的童年与贾府小姐们不同，她不仅缺乏情感关爱，还要劳作，她没有时间过童年。

黛玉从初到贾家的"步步留心，时时在意，不肯轻易多说一句话，多行一步路"，到对送宫花的周瑞家的发飙说"我就知道，别人不挑剩下的，也不给我"，足以证明她在贾家是被宠爱的，至少在贾母面前只有她欺负别人的份儿。湘云不同，她似乎没有得到史家人的疼爱，她愿意到贾家来，是因为有贾母的疼爱和姐妹们的温暖。贾母是她爷爷的姐妹，与她的血缘也没有多近，贾母对她是对来自娘家的晚辈的疼爱，只是亲戚关系，不像黛玉那样除了对外孙女的爱，还有对女儿的爱。即使是这样一种关系，依然使她获得了在史家得不到的快乐。第三十六回，她回史家时悄悄跟宝玉说："便是老太太想不起我来，你时常提着，打发人接我去。"贾府是她童年时期的乐园。而史家呢？做针线活到深夜，是宝玉的丫鬟都不用做的事情，湘云在史家的生活似乎真的不如贾家的高等奴婢。但幸而，性格使然，她的生活依然是快乐的。

《红楼梦》曲中，她对应的是〔乐中悲〕，但其实是悲中乐，悲是主流，是她的命运，乐是她的性格，是她的天性，悲中透出乐，乐掩住了悲。"幸生来，英豪阔大宽宏量，从未将儿女私情略萦心上。好一似，霁月光风耀玉堂。……这是尘寰中消长数应当，何必枉悲伤！"似乎湘云在面对着她的不幸说"这是尘寰中消长数应当，何必枉悲伤"，透着豁达。

豁达的湘云掩饰着她的不如意，只把生活的困苦透露给了被她当作亲姐姐的宝钗，宝钗又说给了袭人，丫鬟间也有信息传递，贾家人大概知道她在史家的生活状况。尽管如此，人们看到的湘云依然是快乐的，愁苦不是她的生活。

无论在读者还是贾家人眼中，史湘云是那个一出场就大笑大说的姑娘，是那个咬着舌头喊着"爱哥哥"的姑娘，是那个别人明明知道龄官像谁却都不肯说，只有她毫无顾忌地脱口而出"倒像林妹妹的模样儿"的直率姑娘，是那个事无不可对人言的姑娘，是那个穿着男装迷了众人眼的姑娘，是那个有着金麒麟却从不对人言的姑娘，是那个喊着"是真名士自风流"，喝着酒、烤着肉，率性娇憨的姑娘，是那个作诗不论输赢，只为快意人生的姑娘，是那个枕着鲛帕包花红，隐在微风拂花落的芍药丛中，醉卧青石上的姑娘。湘云是那种忘掉所有哀伤，被快乐抓住的姑娘。

我曾写过一首诗，觉得很符合湘云：

花开了
　我在清晨与你一起斑斓
　　摇一摇露珠
　　　把颜色涂在
　　　　历经沧桑的枝干

花谢了

　　　　我在傍晚与你一起挽春

　　　　　　　挥一挥手

　　　　　　　　把落霞抹在

走过风雨的流云

花睡了

　　　　我在静夜与你一起入梦

　　　　　　把万千种欢乐

　　　　　　　放在枕下

　　任笑意盈满星空

这就是湘云，她的欢乐能够感染每一寸空间。

史湘云的娇憨率真使她说出他人不能言之言，给读者带出许多线索，没有她，有些事情的出现便显得刻意，有了她，故事便演绎得自然流畅。

通过湘云，我们知道了那个不知去向的龄官与黛玉长得很像；通过湘云，我们知道了邢岫烟的窘境，也知道了薛家的当铺；通过她，我们知道了宝钗劝宝玉读书时宝玉的强烈反感；她对宝琴说的一句"若太太不在屋里，你别进去，那屋里人多心坏，都是要害咱们的"，揭示了贾府的复杂与凶险。

很多美好都离不开湘云。没有她，宝玉不会想到烤肉，我们也就看不到皑皑白雪中少男少女烧烤喝酒、联诗作对的青春场景；没有她，我们就看不到少女醉卧青石，枕花、披花的绝美画面；没有她，我们也听不到两个少女中秋之夜在凹晶溪馆说出"寒塘渡鹤影，冷月葬花魂"的哀伤与孤寂。

湘云的美好来自未经世故的纯真，这种纯真常让她在别人的语境中做出判断。湘云来贾府住在贾母处，如果说青梅竹马，那是宝玉、黛玉和湘云三个人的青梅竹马。第三十二回，湘云来到怡红院，夸赞宝钗的同时表达了对黛玉的不满，话里话外对黛玉的贬损就没停过，之后更是与袭人一来一往地大书特书黛玉的不是，这种背后说人坏话的情景在《红楼梦》中很少出现。而湘云无非是看不惯黛玉，吃醋宝玉吃醋宝钗而已，与己何干？所以这种情绪不是源于本人，而是源于周围的语境。那么谁的影响最大？要知道湘云最初住在黛玉房里，之后被宝钗邀请住进了蘅芜苑，而宝钗与袭人早已结成联盟，湘云的情绪是宝钗和袭人情绪的反映，只是借湘云之口说出罢了。湘云对读书做官不见得有多大兴趣，且不常住贾家，却来劝宝玉读书，自然也是受了宝钗影响。只是她与宝钗的目的不同，宝钗要为自己打造一个理想丈夫，湘云只是出于从众行为或更准确地说是光环效应，这里的"众"是宝钗、袭人之流，这里的光环当然以宝钗为主，认为读书做官才是正道。这个比黛玉还小、只有十二三岁的烂漫小姑娘劝表哥要"结交些为官做宰的"，怎么看都是替别人代言。

宝钗比黛玉大四岁，比湘云大得更多，对她的影响非常大。第三十八回，湘云要做东开诗社，拟了几个方案都被宝钗否定，宝钗最后说由她出资请贾府上下吃螃蟹，湘云照做了，且从此更加感激宝钗，将其视为亲人，不遗余力地到处宣扬宝钗的美德。没有宝钗，她就是那个喊着"爱哥哥，林姐姐，你们天天一处玩，我好容易来了，也不理我一理儿"的娇憨小女孩，有了宝钗她就是率性姑娘了，生猛地说着"你敢挑宝姐姐的短处，就算你是好的。我算不如你，他怎么不及你呢"。

但终究湘云是质朴的，她随心而为，她的混沌未开和宽宏大量，使她从未将儿女私情略萦心上。金玉姻缘之说她知道，却从未提醒别人她也有金，连贾母都不记得她有金麒麟；她与宝玉有一起长大的情谊，却从未掺杂男女之情。宝玉过生日时，她与宝琴抢着联诗，并没有想到别人会有何情绪反应，当然那应该是宝钗的专利。她抢白黛玉时也忘了那是贾母的外孙女，是贾母最疼爱的人；她对宝玉说着黛玉的不是，也并不忌讳在宝玉眼中，黛玉是完美的化身。

纯净的湘云与黛玉终究还是同道中人，中秋之夜，她俩在清寂中给出了光亮和温暖，尽管掩不住哀伤，但我们看到了姐妹间的真诚，看到了她们对彼此处境的感同身受，也看到了她们的相互慰藉。相似的身世、相似的处境，她们更能理解彼此。

本以为湘云能有个配得上霁月光风的人生，能有个与贾府小姐不同的命运。元春做了皇妃死因不明，迎春被虐致死，探春远嫁，惜春出家，宝钗嫁了人却没得到心最终又失去了人，黛玉早逝，袭人嫁了别人，晴雯受冤而亡，唯湘云"配得才貌仙郎"，期望能"博得个地久天长"，从而"折得幼年时坎坷形状"，却"终久是云散高唐，水涸湘江"，丈夫早逝，她步了李纨的后尘。

湘云，终究没能逃过末世中的悲剧命运。

185

巧姐儿：

繁花落尽 梦无痕

王熙凤有一个长不大的女儿，原名大姐儿，后经凤姐相求，刘姥姥改名为巧哥儿。从第六回出场到第六十二回，十年左右时间，一直被抱在怀中，乳名也易了几易，大姐儿、巧姐儿、巧哥儿，且有两次大姐儿和巧姐儿同时出场，如乱花迷了众人眼，不禁疑惑：凤姐到底有几个女儿？

大姐儿何时出生，书中没有说法，第一次出现是第六回刘姥姥一进荣国府时，刘姥姥"来至东边这间屋内，乃是贾琏的女儿大姐儿睡觉之所"。从刘姥姥眼中引大姐儿出场，开启了二人的缘分之旅，原著结局我们看不到，猜一猜，想一想，应该也是从刘姥姥眼中淡出画面。

第七回大姐儿以婴儿姿态出场，周瑞家的给凤姐送宫花，"忙蹑手蹑脚的往东边房里来，只见奶子正拍着大姐儿睡觉呢"。第六回给出了大姐儿睡觉的场所，第七回给出了睡觉之人，这样的时空转换如同镜头推移，让读者一步一步走近人物。

冷子兴在第二回提到贾琏、凤姐成婚两年，未提及子女，第六回和第七回大姐儿是婴儿状态，是否合理？曹公顽皮，极少直接给出时间，只能从只言片语中推断时光流转人物年龄。第二回经冷子兴之口得知贾蓉十六岁，第十三回秦可卿去世时贾蓉二十岁，第二回到第十三回有四年时间，第二回到第四回有三年时间，第六回到第七回的时间很短，大姐儿一直在襁褓中，合理。

之后是第二十一回，"谁知凤姐之女大姐病了"——大姐儿出痘疹，"一日大姐毒尽癍回"。出痘的多发期一般在二到十岁间，不能以此断定大姐儿的年龄。只是这回好玩，孩子生病夫妻分房，给了故事发生的空间，引出平儿的俏及柔、凤姐的妒与威、贾琏的俗与淫，大姐儿生病似乎成了背景，家长的故事才是正传。贾琏与多浑虫交往的画面坐实了他的俗和淫，王熙凤有敏锐的直觉、强大的推理能力，再加上对贾琏的了解，能准确地判断出贾琏的行为，当大姐儿"毒尽癍回"，"贾琏仍复搬进卧室"，凤姐对收拾行李的平儿说："这半个月难保干净，或者有相厚的丢下的东西：戒指、汗巾、香袋儿，再至于头发、指甲，都是东西。"这个说法未必是玩笑，只是没证据谁还会深究大概率事件给自己添堵？平儿软语救贾琏后立即抽身躲是非，被王熙凤调侃后霸气回怼："别叫我说出好话来了。"平儿自身的正气，使她不惧任何人，严正坦荡，而她的娇俏可人亦使读者不免一笑，平儿的女性之美远超凤姐，难怪要用她来拴贾琏的心。我们不得不感叹一声，宝玉给平儿的评语"贾琏之俗，凤姐之威，他竟能周全妥帖"，真准确！这就是大姐儿的生长环境，雅不得，俗不得，威不得，弱不得，比探春还难，也亏她一直在襁褓中，否则该以怎样的形象出现？我怀疑作者没想好怎么写她，没办法让她长大。如果给作者足够的时间，又将诞生一个不朽的文学人物。

巧姐儿最早出现在脂批中，甲戌本第六回回前有："此回借刘妪，却是写阿凤正传，并非泛文，且伏二进、三进及巧姐之归着。"伏刘姥姥三进荣国府，且是大姐儿的归宿。庚辰本第十八回妙玉出场时有批："后有史湘云与熙凤之女巧姐儿者共十二人，雪芹题曰《金陵十二钗》，盖本宗《红楼梦》十二曲之意义。"显然金陵十二钗中有巧姐儿，且明确表述为凤姐之女。

正文中巧姐儿第一次出现是在第二十七回，大观园姑娘们送花神，

"且说宝钗、迎春、探春、惜春、李纨、凤姐等并巧姐、大姐、香菱与众丫鬟们在园内玩耍";第二十九回,贾母带众人到清虚观打醮看戏,其中"奶子抱着大姐儿带着巧姐儿另在一车"。这两次巧姐儿都与大姐儿并行,显然巧姐儿和大姐儿是两个人,且巧姐儿比大姐儿年长。

巧姐儿在正文中单独出现仅有一次,第六十二回宝玉过生日,巧姐儿是被抱在怀中出现的,宝玉过生日,众人来拜寿,"一群丫头笑了进来,原来是翠墨、小螺、翠缕、入画,邢岫烟的丫头篆儿,并奶子抱着巧姐儿"。之前还抱着大姐儿,此时又抱上了巧姐儿,从第四回到第七十八回共八年时间,从第六回到第六十三回过了六七年,无论大姐儿还是巧姐儿都应在十岁以内,抱在怀里也正常,只是两个名字交替使用、二人相继或同时出现总会让人疑惑。

第四十一回,贾母带刘姥姥游大观园,大家吃点心时,"忽见奶子抱了大姐儿来,大家哄他玩了一会。那大姐儿因抱着个大柚子玩的,忽见板儿抱着个佛手,便也要佛手。丫鬟哄他取去,大姐儿等不得,便哭了。众人忙把柚子与了板儿,将板儿的佛手哄过来与他才罢。那板儿因玩了半日佛手,此刻又两手抓着些面果子吃,又忽见这柚子又香又圆,更觉好玩,且当球踢着玩去,也就不要那佛手了"。与板儿柚子换佛手的是大姐儿,一换就换出姻缘的也是大姐儿。

虽然两个人的地位云泥之别,但小孩子眼中只有喜欢不喜欢,好玩不好玩。柚子与佛手间的差别在于所有权不同,都是玩具,只不过一个在你手里,一个在我手里,孩子眼中只要新奇诱人,哪管价值差别,至于形状、颜色、用途不同,那正是交换的理由。腻了自己所拥有的东西，看上别人手中之物，于是交换实现了，这时的交换是两相情愿，之后的姻缘呢？

第四十二回，游大观园后贾母和大姐儿都病了，凤姐对刘姥姥说："我这大姐儿时常肯病，也不知是个什么原故。"刘姥姥说："他小人儿家，过于尊贵了，也禁不起。以后姑奶奶倒少疼他些就好了。""凤姐儿道：'我想起来，他还没个名字，你就给他起个名字。一则借借你的寿；二则你们是庄家人，不怕你恼，到底贫苦些。你贫苦人起个名字，只怕压的住他。'刘姥姥听说，便想了一想，笑道：'不知他几时生的？'凤姐儿道：'正是生日的日子不好呢，可巧是七月初七日。'刘姥姥忙笑道：'这个正好，就叫他是巧哥儿。这叫作"以毒攻毒，以火攻火"的法子。姑奶奶定要依我这名字，他必长命百岁。日后大了，各人成家立业，或一时有不遂心的事，必然是遇难成祥，逢凶化吉，都从这"巧"字上来。'"刘姥姥给改名"巧哥儿"，有趣的是巧哥儿只出现过一次，很清楚与大姐儿是同一人，但之后再无人提起。大姐儿的脉络较为清晰，可惜年龄错乱。

同一回，大姐儿这个名字最后一次出现，是在给贾母看病之后。王太医"刚要告辞，只见奶子抱了大姐儿出来，笑说：'王老爷也瞧瞧我们。'王太医听说忙起身，就奶子怀中，左手托着大姐儿的手，右手诊了一诊，又摸了一摸头，又叫伸出舌头来瞧瞧"。至少在前八十回中，大姐儿是最后一次出现。这时并没有叫刘姥姥刚刚起的名字巧哥儿。

与板儿柚子换佛手的是大姐儿，刘姥姥改名为巧哥儿，而巧哥儿这个名字，只叫过一次，再无人提起。即使第四十二回，刘姥姥刚起完名儿，大家叫的依然是大姐儿，也许是习惯使然。不过当她嫁给板儿后，应该成为巧哥儿，想当初英莲成为香菱又成为秋菱，女孩儿的名字因需要或别人的喜好而定。贱名好养，贫苦人起名字，尤其是长寿的贫苦人起名字更有利于孩子健康成长。凤姐话说得在理，刘姥姥也很真诚，似乎二人的你来我往几句言语就给了大姐儿安稳人生。但不知为何没用，大家依然叫大姐儿，要么是凤姐对名字不满意，要么人家只是随口一说，没想让刘姥姥改名，或者刘姥姥也没当真，知道人家不会用，场面上的话，大家说得热闹而已。又或者大家都认真地说，认真地听，认真地改名，只是后来病好了，叫惯了大姐儿的贾家人早忘了曾经有个刘姥姥，刘姥姥还曾给大姐儿改过名，刘姥姥当时带着小板儿，小板儿与大姐儿曾经佛手换柚子，还有刘姥姥与王熙凤之间的对话，这些统统被封存在某个角落。如果不是贾家有大变故，恐怕没人会想起那句出自刘姥姥之口的"遇难成祥，逢凶化吉，都从这'巧'字上来"。

大姐儿的判词中有一幅画："一座荒村野店，有一美人在那里纺织"。其判词云：

势败休云贵，
家亡莫论亲。

偶因济刘氏，
巧得遇恩人。

势败了，家亡了，贾家子孙流散了。大姐儿没了富贵，板儿脱了贫穷，二人境况的逆转使他们回到当年交换玩具的场景，当年平等的是玩具，如今平等的是家境。刘姥姥当年得了贾家资助，是报恩的时候了，板儿家没有大富也没有大贵，但衣食无忧，还有小时交换玩具的缘分，大姐儿嫁板儿，不就是巧事吗？凤姐为了大姐儿的平安健康，求乡下的贫苦人刘姥姥给起个名字，刘姥姥因大姐儿生在七月初七日就用了"以毒攻毒，以火攻火"的法子叫她巧哥儿，虽然人们叫的依然是大姐儿或巧姐儿，但刘姥姥预言不空，天下之事，巧事颇多，两个孩子交换玩具时，无论如何想不到巧姐儿坐在了荒村野店里纺线织布，过起了农妇生活。

第四十一回与板儿柚子换佛手，埋下姻缘线，第四十二回刘姥姥起名巧哥儿，所谓一切皆从巧上来，命运早已注定，如果不是柚子换佛手，大姐儿的人生将不知所为。凤姐的一念之仁，贾母、王夫人的怜弱惜穷，为大姐儿留下了一世安稳。

当他们追忆起当年时光，谈谈曾经富过的祖上，聊聊互换的佛手和柚子，是相视一笑，还是感怀哀伤？巧哥儿将怎样度过她的一生？

妙玉：

泥淖之中何以净

《红楼梦》中的出家人多有传奇，道士与和尚是传奇的缔造者，他们是度化使者。道士度心灰绝望之成年男性，他们在世上了无牵挂，走就走了，舍就舍了，无非留些茶余饭后的谈资，人前人后的传说，并没有多少人会真的伤感。跛足道人用一首《好了歌》，让家破人失的甄士隐随他而去，跏腿道士的一句"连我也不知道此系何方，我系何人，不过暂来歇足而已"，让情伤至深的柳湘莲用雄剑斩尽万根烦恼丝。和尚化女童，但孩童出家割的是父母的心，舍的是父母的情，神仙知道她们命运多舛，父母眼中的她们则有美好未来，如何能舍？和尚看见香菱便大哭，对甄士隐说："你把这有命无运累及爹娘之物，抱在怀内作甚？"并说："舍我罢，舍我罢！"黛玉自小多病，癞头和尚要化她出家，对她父母说："既舍不得他，只怕他的病一生也不能好的了。"且"疯疯癫癫"，说了些"不经之谈"。割舍不下的父母焉能知道，她们一个被虐致死，一个泪尽而亡。免了当时的生离，却没有避开之后的死别。

妙玉少了些传奇，多了些传说。第十八回，元春要省亲，贾府采访聘买十个小尼姑和小道姑，林之孝家的说："外有一个带发修行的，本是苏州人氏，祖上也是读书仕宦之家。因生了这位姑娘自小多病，买了许多替身儿皆不中用，到底这位姑娘亲自入了空门，方才好了，所以带发修行。今年才十八岁，法名妙玉。"第六十三回，邢岫烟说她与妙玉在蟠香寺做了十年邻居，妙玉十七岁"因听见长安都中有观音遗迹并贝叶遗文"，随了师父上来，来贾家之前"在西门外牟尼院住着"，所以妙玉最大不超过七岁就带发修行了，她的童年是在道观中度过的。因多病而入空门，妙玉的初心是求生，而不是灭欲，她做不到六根清净。

第三回，黛玉初到贾府时众人看她"怯弱不胜"，"便知他有不足之症"，问她"如何不急为疗治"。她说："我自来是如此，从会吃饮食时便吃药，到今日未断。请了多少名医修方配药，皆不见效。那一年，我才三岁时，听得说来了一个癞头和尚，说要化我去出家，我父母固是不从，他又说：'既舍不得他，只怕他的病一生也不能好的了。'"黛玉父母不舍她出家，她一生果然陷于疾病无从医治。

妙玉父母倒是能割舍，让她入了空门带发修行，从此少见凡人，但是她把心留在了尘世间，病是不见了，可仙家不解凡间忧，妙玉的忧只能在凡间解。黛玉如果出家就可能成为妙玉，妙玉如不出家也可能就是黛玉，她们好像是互为的自己。

黛玉懂妙玉，第五十四回，宝玉被罚去栊翠庵讫梅花，"李纨命人好好跟着。黛玉忙拦说：'不必，有了人反不得了。'"妙玉对黛玉也是另眼相看，不知宝钗独去能不能茶品梅花雪？第七十六回，黛玉和湘云凹晶溪馆联诗，后随妙玉来到栊翠庵，"黛玉见他今日十分高兴，便笑道：'从来没见你这样高兴。若不见你这样高兴，我也不敢唐突请教，这还可以见教否？若不堪时，便就烧了；若或可改，即请改正改正。'……妙玉道：'如今收结，到底还该归到本来面目上去。若只管丢了真情真事且去搜奇捡怪，一则失了咱们的闺阁面目，二则也与题目无涉了。'"这还是那个"为人孤僻，不合时宜，万人不入他目"的妙玉吗？一句"咱们的闺阁面目"就把三人变成了姐妹。妙玉，你是出家人啊，如此称呼没坏了规矩吗？黛玉在妙玉面前连请教都怕唐突了人家，这还是那个孤高自许、目无下尘的黛玉吗？妙玉不仅对宝玉不同，对黛玉亦是如此。当她们赤诚以对的时候，孤僻、孤高、不合时宜都隐去了，谈诗论文间表达了对彼此的尊重、欣赏与怜惜。她们之间有感应，毕竟是同道中人。只是不同的选择让她们有了相异的生活轨迹，但命运似乎没有改变，妙玉没得仙家清静，黛玉也没得世俗幸福。

妙玉的内心如同她出家十多年依然带发一样，总留有世俗的空间。佛说无分别心，但妙玉面前不存在众生平等。第四十一回，贾母带众人到栊翠庵，妙玉用一个小茶盘放一个成窑五彩小盖钟，捧与贾母。"贾母便吃了半盏，便笑着递与刘姥姥说：'你尝尝这个茶。'刘姥姥便一口吃尽……"等道婆收了茶盏来时，"妙玉忙命：'将那成窑的茶杯别收了，搁在外头去罢。'宝玉会意，知为刘姥姥吃了，他嫌脏不要了。……宝玉和妙玉赔笑道：'那茶杯虽然脏了，白撂了岂不可惜？依我说，不如就给那贫婆子罢，他卖了也可以度日。你道可使得？'妙玉听了，想了一想，点头说道：'这也罢了。幸而那杯子是我没吃过的，若我使过，我就砸碎了也不能给他。'"这与黛玉那句"什么臭男人拿过的！我不要他"，异曲同工。

大多数人是别人用过的东西我不用，我用过的东西别人用还是可以的，而妙玉连自己用过的东西别人都不能用。或许妙玉相信自己有独特信息，这些信息会停留在与自己有过接触的物件上，这些物件给了别人，会把自己的信息与别人的混在一起，通过某些通道反射到自身，引起不适。妙玉切断自己与他人可能发生联系的所有通道，她不想与刘姥姥有任何关联。如果她知道暗物质可穿体而过，将会如何处理与刘姥姥在同一空间所引发的碰撞？

带发修行的妙玉不讲什么世法平等，她对人不对事。当她给黛玉和宝钗斟完茶时，"仍将前番自己常日吃茶的那只绿玉斗来斟与宝玉"。

她对宝玉是我用过的茶杯你也可以用，你用过我还可以接着用，通过物质中介把信息通道打通，建立某种联系，也许是规范允许的最大限度了。虽然分了槛内槛外，但通道有了，槛内自然连着槛外，畸人也可以通着世人。宝玉有趣，他最懂女孩儿，妙玉的用意怎会不知，可林妹妹在此，用妙玉的茶杯喝茶，回去不知道该是摔茶杯还是剪穗子。于是笑道："常言世法平等。他两个就用那样古玩奇珍，我就是个俗器了。"妙玉受伤了，但很霸气，"只怕你家里未必找的出这么一个俗器来呢"。到底是宝玉，拒了妙玉，只一句话便把她的地位推高、面子给足，"'到了你这里，自然把那金玉珠宝一概贬为俗器了。'妙玉听如此说，十分欢喜"，于是换别的茶具来斟茶。但妙玉的欢喜也许只是修养掩盖下的面具，未必真欢喜。当黛玉问："这也是旧年的雨水?"妙玉冷笑道："你这么个人，竟是大俗人，连水也尝不出来。" 一副我真是高看了你的姿态。只是不知道她口中的"俗人"是否因宝玉口中的"俗器"而起。

品茶事件让人厌恶妙玉的过洁，厌恶她对人的差别对待，当她被玷污时，世人的情感很是复杂。妙玉的命运是一块美玉落在泥垢之中，其断语云：

欲洁何曾洁，云空未必空。

可怜金玉质，终陷淖泥中。

过洁的妙玉未能保住洁，反陷淖泥中，她的遭遇同情者少，乐祸者多。她对刘姥姥的嫌弃和对宝玉的亲密惹了众怒，妙玉得到更多的是嘲笑，人们有一种看客心态的快感。

她的"欲洁何曾洁"关联着"云空未必空"。第六十三回，宝玉过生日，妙玉送了拜帖，是一张粉笺子，上写"槛外人妙玉恭肃遥叩芳辰"。宝玉不解其意，亦不知如何回复，便去找人讨教，遇到邢岫烟正要去找妙玉说话，宝玉惊讶，说道："他为人孤僻，不合时宜，万人不入他目。原来他推重姐姐，竟知姐姐不是我们一流的俗人。"宝玉通常对女孩过誉，此时却没有赞誉。佛法讲究众生平等，"万人不入目"背离了修行本义，妙玉不像修行之人，身在红尘外，心陷凡世间。邢岫烟说："他因不合时宜，权势不容，竟投到这里来……这可是俗语说的'僧不僧，俗不俗，女不女，男不男'，成个什么道理。"不合时宜意味着有抗有争，寺中修行之人竟也遭遇"权势不容"，真是逃离尘世也躲不开的权势之威，奇怪的是，她做了什么或是不做什么导致如此局面？

她自称"槛外人"倒是难住了宝玉，邢岫烟将个中原因告诉了宝玉，"他常说：'古人中自汉晋五代唐宋以来皆无好诗，只有两句好，说道："纵有千年铁门槛，终须一个土馒头。"'所以他自称'槛外之人'。又常赞文是庄子的好，故又或称为'畸人'。他若帖子上是自称'畸人'的，你就还他个'世人'。畸人者，他自称是畸零之人；你谦自己乃世中扰扰之人，他便喜了。如今他自称'槛外之人'，是自谓蹈于铁槛之外了；故你如今只下'槛内人'，便合了他的心了"。

这两句诗源自宋代范成大的《重九日行营寿藏之地》：

家山随处可行楸，

荷锸携壶似醉刘。

纵有千年铁门槛，

终须一个土馒头。

三轮世界犹灰劫，

四大形骸强首丘。

蝼蚁乌鸢何厚薄，

临风拊掌菊花秋。

唐代王梵志的《城外土馒头》也与此有关：

城外土馒头，馅草在城里。

一人吃一个，莫嫌没滋味。

他还有一首《世无百年人》：

世无百年人，

强作千年调。

打铁作门限，

鬼见拍手笑。

铁门槛保不了富贵也保不了长寿，终究要归到坟墓中去。如真能把这些看淡，还在乎什么槛内槛外、畸人世人的？越是放不下越要强调，告诉别人我入了空门，也提醒自己，我是修行人。妙玉用少女思春的粉色纸笺给宝玉写生日贺卡，还自称槛外人，恐怕是在说服自己。"云空未必空"，妙玉很是明了。

跛足道人的《好了歌》说：恋着红尘凡间，慕着荣华富贵，什么都忘不了，什么都放不下，就不要做神仙了，做不了的。

世人都晓神仙好，惟有功名忘不了。

古今将相在何方，荒冢一堆草没了。

世人都晓神仙好，只有金银忘不了。

终朝只恨聚无多，及到多时眼闭了。

世人都晓神仙好，只有娇妻忘不了。

君生日日说恩情，君死又随人去了。

世人都晓神仙好，只有儿孙忘不了。

痴心父母古来多，孝顺儿孙谁见了？

甄士隐的注解把《好了歌》具体化，让我们看到了世间的无常，看到了变化只在瞬息间。

陋室空堂，当年笏满床。

衰草 枯杨，曾为 歌 舞 场。

世人不是不知，只是不甘此时得到彼时失去。得，是人生，失，是归宿。没有得到，只有舍和失，开始就是归宿，人生也就无从谈起，有得有失的体验才是人生。最终走入土馒头时，自己不能体验了，好，让别人体验吧，是失去你的体验。

妙玉知道自己该舍、该弃、该远离，她提醒别人也提醒自己，我是出家人。但是，太难了。她明了贾府对她的关注，第五十回，李纨想要栊翠庵内的梅花，让宝玉去要，理由是"可厌妙玉为人，我不理他"。这话由不沾是非的李纨说出，可见妙玉不参与贾府的日常，贾府的日常却有她的传说，只是这传说似乎不那么美好。

她关注贾府，关注贾府中人，不知不觉中被吸引。中秋节贾府赏月，贾母隔水闻笛，黛玉和湘云临水联诗，当她俩说到"寒塘渡鹤影""冷月葬花魂"时，妙玉来了，她说："我听见你们大家赏月，又吹的好笛，我也出来玩赏这清池皓月。"她远远地看着贾府中许多人赏月，看着众人喝酒、赏花、游戏、品笛、作诗，这些对她而言都是不可得的热闹。贾府节日的温馨传递给她，她心中有美好、有期待，不能接受黛玉和湘云颓败凄楚的诗句，她笑说："只是方才我听见这一首中，有几句虽好，只是过于颓败凄楚。此亦关人之气数而有，所以我出来止住。"她要转出一幅不同的画面，走出凄婉消沉：

香篆销金鼎，脂冰腻玉盆。

箫憎嫠妇泣，衾倩侍儿温。

空帐悬文凤，闲屏掩彩鸳。

露浓苔更滑，霜重竹难扪。

犹步萦纡沼，还登寂历原。

石奇神鬼搏，木怪虎狼蹲。

颢气朝光透，罘罳晓露屯。

振林千树鸟，啼谷一声猿。

歧熟焉忘径，泉知不问源。

钟鸣栊翠寺，鸡唱稻香村。

有兴悲何继，无愁意岂烦。

芳情只自遣，雅趣向谁言。

彻旦休云倦，烹茶更细论。

作为修行之人，在情感面前是不是应该淡定一点，即使面对诱惑，也应该这样写："清净堂前不卷帘，景悠然。闲花野草漫连天，莫胡言。独坐洞房谁是伴，一炉烟。闲来窗下理琴弦，小神仙。"

可二十四五岁的妙玉面对说着颓败凄楚诗句的黛玉和湘云，内心有躁动，情感有波动，写出了"嫠妇泣""侍儿温""空帐悬""掩彩鸳"这样的场景，她不加掩饰地诉说着女性的孤寂与渴望。但尽管心在红尘，道观依然规范着她，梦中的惶恐是她内心的恐惧，恐惧心中的欲念，恐惧心中的渴望。"石奇神鬼搏，木怪虎狼蹲"，现实的残酷，内心的不安，她不能坦荡地任情感泛滥。回到现实时，又喃喃言道："芳情只自遣，雅趣向谁言。"还是少女情思，果然逃不出凡尘俗世。在道观中长大的妙玉却染了世俗心，谁该为此负责？

《红楼梦》曲她对应的是〔世难容〕：

> 气质美如兰，才华复比仙。
> 天生成孤癖人皆罕。
> 你道是啖肉食腥膻，视绮罗俗厌。
> 却不知太高人愈妒，过洁世同嫌。
> 可叹这，青灯古殿人将老，辜负了，红粉朱楼春色阑。
> 到头来，依旧是风尘肮脏违心愿。
> 好一似，无瑕白玉遭泥陷，又何须，王孙公子叹无缘。

道观藏不住她的美。第五十四回雪后，四面粉妆银砌，宝琴披着凫靥裘站在山坡上遥等，众人说像仇十洲画的《艳雪图》，贾母摇头笑道："那画的那里有这件衣裳？人也不能这样好！"人们看到的是

205

道观外的宝琴，看不到的是道观内洁白世界明艳梅花下素衣的妙玉，那将是怎样绝美的画面。

修行掩不住她的情，她以孤僻不合时宜掩饰火热的内心。当她感受到黛玉和湘云的颓败凄楚，"亦关人之气数而有"，所以出来止住。她不忍这两个小她八九岁的女子坠入凄楚，她的续竟是"必须如此方翻转过来，虽前头有凄楚之句，亦无甚碍了"。这是她唯一一次人前作诗，不为显才华，不为争高低，只为翻转二人的颓败凄楚，妙玉终归还是修行人。

只是她的一颗红尘心未改，注定一生不安宁。

香菱：

留不住 的安稳与诗意

香菱有过安稳吗？有过。她有诗意吗？有。但是，都没有留住。

香菱出生在十里（势力）街仁清（人情）巷的葫芦（糊涂）庙旁，是退休回乡官员甄士隐的独生女。三岁时，癞头和尚看见她便大哭，说她是"有命无运累及爹娘之物"。那时她还是英莲（应怜），是父母眼中、心中的珍宝，怎能想到她竟是"平生遭际实堪伤"。

元宵节，霍启（祸起）带英莲到街上看社火、花灯，因小解将英莲独自放在一户人家的门槛上坐着，被人贩子拐卖，此后甄英莲变成了"真应怜"。

英莲从璀璨处跌入黑暗，其间命运之神给过她些许亮光，只一闪又迅速熄灭。买卖人口的拐子养她到十三岁，把她卖给了冯渊（逢冤），偏这冯渊多情，还是个要仪式感的人，酷爱男风的他看到英莲便坠入情网，立誓不再结交男子，也不娶第二人，等三日后过门，给足了英莲尊重。只是拐子又将英莲卖给了第二家，又碰巧是薛蟠，对，就是那个有钱、蛮横、无赖、行事无底线的薛蟠。他打死冯渊，冯渊冤啊，只因钟情英莲便送了命。薛蟠强占了英莲，幸运之神向英莲招了招手，还没来得及眷顾又转身离去，自此她再无翻身之日。英莲随着薛家来到了贾府，贾家人都知道她是那个薛蟠为之闹出人命的女孩儿，是那个不知家在哪里、不知父母是谁、不知自己几岁的人，无不为之叹息伤感。

买人在贾家、王家、薛家都不稀奇，晴雯、袭人等都是买来的，但香菱的到来引得大家如此感叹、赞美也是不多见。

第八回，周瑞家的第一次看到香菱，拉着她的手说："倒好个模样儿，竟有些像咱们东府里蓉大奶奶的品格儿。"拿下人比主子，还是贾家最美的媳妇，倒也没人说她僭越。

第十六回，贾琏说她"生的好齐整模样……竟与薛大傻子做了房里人，开了脸，越发出挑的标致了。那薛大傻子真玷辱了他"。话里话外透着羡慕嫉妒恨，惹得凤姐吃醋，说他"往苏杭走了一趟回来，也该见些世面了，还是这样眼馋肚饱的"，又说："姨妈看着香菱模样儿好还是末则，其为人行事却又比别的女孩子不同，温柔安静，差不多的主子姑娘也跟他不上呢。"熙凤是刻薄的，她曾经夸探春"心里嘴里都也来的"，夸黛玉"天下真有这样标致的人物，我今儿才算见了！况且这通身的气派，竟不像老祖宗的外孙女儿，竟是个嫡亲的孙女"。除此之外极少夸人，却认为香菱比一般的主子姑娘都强。香菱终究是望族里的姑娘，除了天生貌美，气度也是不凡，毕竟五岁前的记忆还在呢。

第六十二回，香菱跌坐在积水里脏了裙子，宝玉想她"可惜这么一个人，没父母，连自己本姓都忘了，被人拐出来，偏又卖与了这个霸王"。宝玉痛惜这样一个才貌不弱钗黛的人物，命运比贾府奴婢更为凄惨，至少她们知道自己的父母亲人在哪里。当然，如果只有美貌和性情，也算不得有多出色，不会作诗，入不了大观园姐妹的法眼。贾府媳妇不尚才，王熙凤不识字，李纨只略识字而已。香菱五岁被拐卖，在人贩子那里长到十二三岁，被粗鄙的薛蟠蹂躏至深，识字已是不易，居然在很短的时间内学会了作诗。

学诗的那段日子应是她被拐后最幸福的时光了。第四十八回，香菱疯魔般地学诗，宝玉说："这正是'地灵人杰'，老天生人再不虚赋情性的。我们成日叹说可惜他这么个人竟俗了，谁知到底有今日。可见天地至公。"宝玉自然不吝惜对女孩子的赞美，但香菱不是女孩儿，她是被薛蟠抢来做妾的，用宝玉的话是沾了男人气味的女人。而宝玉向来厌恶女人，却对香菱极尽赞美，且赞的不仅仅是容貌，更有不俗的才情，是无论多恶劣的环境都没能淹没的才情。香菱到底不是凡人。

黛玉极少夸人，对宝钗、探春、湘云而言是损友，说宝钗在买绘画用品时把自己的嫁妆加进去了，说探春是"命中该着招贵婿的"，说湘云"偏是咬舌子爱说话，连个'二'哥哥也叫不出来，只是'爱'哥哥'爱'哥哥的"。唯独不吝惜对香菱的赞美，给她布置完作业说："你又是一个极聪明伶俐的人，不用一年的工夫，不愁不是诗翁了！"

宝钗说"呆香菱之心苦，疯湘云之话多"，描述了香菱学诗的用心，再加上"仙黛玉之善教"，三人论诗的场面热闹又不失雅致。在黛玉和湘云引导、指点下，香菱沉浸在诗中，她心中有诗意，口中有诗感，整个人盈溢着诗的气质。只是坎坷的人生把她的诗意封印，一旦粗鄙的薛蟠远去，她的诗意旋即回归。

当大观园来了宝琴、邢岫烟、李纹、李绮时，探春说："咱们的诗社可兴旺了。"宝玉笑道："正是呢……但只一件，不知他们可学过作诗不曾？"探春道："便是不会，也没难处。你看香菱就知道了。"探春也是不夸人的，此时因香菱的聪慧把作诗说成了容易之事，估计她忘了迎春和惜春是不会的，自己作诗的水平也不敢恭维。香菱学得快绝不是因为作诗容易，而是骨子里的诗意和天生的聪慧。

香菱的聪慧亦体现在博闻强记上。第三十六回，寿怡红群芳开夜宴，大家做游戏喝酒，当宝玉说出"敲断玉钗红烛冷"时，湘云说无典不算数，这时"香菱道：'前日我读岑嘉州五言律，现有一句说"此乡多宝玉"，怎么你倒忘了？后来又读李义山七言绝句又有一句"宝钗无日不生尘"。我还笑说，他两个名字都原来在唐诗上呢。'众人笑道：'这可问住了，快罚一杯。'湘云无语，只得饮了"。虽说湘云诗比香菱学得早，可真的被比下去了。

诗意的香菱与黛玉的相处是闲适的，绣绣花、下下棋、看看书，黛玉是孤高自许、目无下尘之人，能想象她与薛蟠的妾这样融洽相处吗？别忘了黛玉看到赵姨娘是理都不理的，那可是她亲舅舅贾政的妾，探春与贾环的母亲，她可不给谁面子。黛玉待香菱的不同说明两人骨子里的同质，香菱自带灵气与不凡。

香菱与浑身充满戾气的夏金桂对话时，也有诗意的自然流露。当说起香菱的名字时，夏金桂说菱角花没有香气，香菱道："不独菱花，就连荷叶莲蓬都是有一股清香的。但他那原不是花香可比，若静日静夜或清早半夜细领略了去，那一股清香比是花儿都好闻呢。就连菱角、鸡头、苇叶、芦根得了风露，那一股清香，就令人心神爽快的。"诗意盈出了画面。这样的诗意，是金桂没有见过的。或是厌恶，或是嫉妒，金桂是不允许这样的美好在她身边尤其是在薛蟠身边存在的，她自己不美好，只能毁灭美好。

香菱本该有诗意的人生，却遇上了薛蟠，又遇上了夏金桂。薛蟠蹂躏着美好，直到其枯萎凋零；夏金桂把美好直接移除，让在夏天盛开的菱角花挪去秋天，改为"秋菱"，秋天的菱角失了香气，失了生机，最终毁灭。诗意灵秀的香菱就这样被薛蟠蹂躏、被夏金桂摧残致死。

薛蟠向往美好，所以要得到美好，但从不珍惜，得到后抛弃，将其毁灭，再去寻找、获取下一个美好。王熙凤说："那薛老大也是吃着碗里看着锅里的。这一年来的光景，他为要香菱不能到手，和姨妈打了多少饥荒……故此摆酒请客的费事，明堂正道的与他作了妾。过了没半月，也看的马棚风一般了，我倒心里可惜了的。"薛蟠娶了夏金桂便把香菱抛诸脑后，放任夏金桂对她施虐。而香菱之前还幻想"薛蟠娶过亲，自为得了护身符，自己身上分去责任，到底比这样安宁些；且又闻得是个有才有貌的佳人，自然是典雅和平的，因此他心中盼过门的日子比薛蟠还急十倍"。一方面是香菱对薛蟠的态度，厌恶不厌恶不好说，至少不留恋；另一方面也是太单纯，错误地认为天下女孩儿都像大观园姐妹那样一身诗意、纯净美好呢。她不知道"两地生孤木"对她的恶意，一旦"桂"出现，她的人生便要停止。

第八十回，香菱的状态是："本就血分中有病，是以并无胎，今复加以气怒伤感，内外折挫不堪，竟酿成干血之症，日渐羸瘦作烧，饮食懒进，请医诊视服药亦不效验。"最终，应了她的判词：

根并荷花一茎香，

平生遭际实堪伤。

自从两地生孤木，致使香魂

返故乡。

213

最终，那个根基不让迎春、探春，容貌不让凤姐、可卿，端雅不让李纨、宝钗，风流不让湘云、黛玉，贤惠不让袭人、平儿的香菱，面对着薛蟠，面对着夏天不该有的金桂坠入深渊。

不知她的香魂是否真的返回故乡，那是她五岁被拐走的地方，那是她割断前世今生的地方，那里有她的温暖时光。是的，她一生的温暖都留在了那里，五岁之后只有冰冷和残忍。她骨子里的诗意曾经迸发，但只闪了一闪便被扑灭，连同她的生命，在最美好的年华倏然而逝。

王熙凤：
威权下的事更哀

李纨：
枯槁之心何以慰

王夫人：
孤独中的护子狂魔

薛姨妈：
忍辱负重的母亲

249

229　　221

239

王熙凤：

威权下的事更哀

王熙凤是什么人？看她出场时的描述："粉面含春威不露，丹唇未启笑先闻。"春意盈盈的脸上哪来的威？嘴都没张哪来的笑声？对的，气质里带来的，是长年使权行威生成的、浸在骨子由内而外的威势，站在那里让人不由得起敬起畏。至于是不是真敬不好说，畏是真的。怕的不仅是她手中的权力，还有她的手段。

贾瑞死于王熙凤毒设的相思局中，张金哥和长安守备之子被她用权力拆散后双双自杀，鲍二家的与贾琏偷情被发现上吊身亡，尤二姐是她借秋桐之手被逼于困顿中奔赴黄泉，彩霞在凤姐的威势下被旺儿之子霸占成亲，等等。多条人命在身的凤姐管家能力一流，管人能力一流，整人能力更是一流。

偏偏在威中还能看到笑，所谓唇未启，笑已至，不是声音带来的笑，而是脸上绽放的笑。在不露威时，这种笑足以让你在寒冬中感受到春天的温暖。贾瑞、尤二姐看到了笑，宝钗、黛玉看到笑的同时也看到了威。在笑与威的变换中，凤姐似乎玩转了贾府，玩转了人生，但最终被贾府抛弃，被命运抛弃。

王熙凤这个名字第一次出现，是由冷子兴对贾雨村演说荣国府时引出的，说贾琏"自娶了他令夫人之后，倒上下无一人不称颂他夫人的，琏爷倒退了一射之地：说模样又极标致，言谈又极爽利，心机又极深细，竟是个男人万不及一的"。刘姥姥一进大观园时，通过周瑞家的和刘姥姥的对话，进一步描述王熙凤："这位凤姑娘年纪虽小，行事却比世人都大呢。如今出挑的美人一样的模样儿，少说些有一万个心眼子。再要赌口齿，十个会说话的男人也说他不过……就只一件，待下人未免太严些个。"

223

贾琏娶了尤二姐后，兴儿对尤二姐说王熙凤"恨不得把银子钱省下来堆成山，好叫老太太、太太说他会过日子，殊不知苦了下人，他讨好儿"。然后很严肃地说："我告诉奶奶，一辈子别见他才好。嘴甜心苦，两面三刀；上头一脸笑，脚下使绊子；明是一盆火，暗是一把刀：都占全了。"

周瑞家的是王夫人陪房、冷子兴岳母，冷子兴对王熙凤的了解少不了岳母提供的信息，二人的看法应该比较一致，但冷子兴几乎没有负面评价，在他口中王熙凤是一个能说、会干、有心机之人。周瑞家的是王家人，更多是从王夫人和下人角度来评价王熙凤的，说她除了能说、会干之外，还对下人严苛。兴儿是贾琏的小厮，他的说法避不开贾琏的心思，同时身为下人，也是对主子的评价。这样看来，贾琏以及他身边的奴仆对王熙凤颇有积怨。

第三十五回，宝玉挨打后卧床养伤，黛玉独自站在怡红院大门外，看众人进进出出，只不见凤姐来，心里自己盘算道："如何他不来瞧宝玉？便是有事缠住了，他必定也是要来打个花胡哨，讨老太太和太太的好儿才是。"黛玉的聪明不仅体现在诗词上，还有对人心的洞察和对人情世故的理解。她知道王熙凤人前人后的区别，也知道她待人的准则是什么，所以她没来宝玉处打花胡哨必有缘故，果然没猜错，王熙凤与贾母、王夫人等一同来看宝玉。尤二姐被王熙凤赚入大观园后，园中姊妹都认为凤姐是好意，只有了解她的宝钗、黛玉暗暗为二姐担心，她们知道王熙凤骨子里的阴毒。

这就是众人眼中的王熙凤，有心机、有能力、严苛阴毒。不能说不客观，相比之下，判词对她则要善良得多：

凡鸟偏从末世来，

都知爱慕此生才。

一从二令三人木，

哭向金陵事更哀。

王熙凤是末世英才，她的结局是"事更哀"，这是末世悲剧，是家族悲剧，是女性悲剧，更是无法规避的时代洪流下个人的悲剧。

封建时代，女性除了相夫教子，极少有发挥才能的途径，甚至可以说管家是最重要的途径之一。王熙凤在这条路上走得很远，不仅走出了荣府，还走出了贾府。秦可卿去世，她协理宁国府料理丧事。王子腾与保宁侯联姻，王子腾之女嫁给保宁侯之子，出嫁时，王熙凤以出嫁了的侄女身份"帮着娘家张罗"。

除了管家理事，外面世界的精彩同样吸引着她。这个深闺妇人，把贾家的权力运用到极致。给秦可卿送葬的途中，在馒头庵休息，老尼求凤姐一事，说长安府府太爷的小舅子李衙内看上了财主张家之女金哥，但金哥已与前守备之子定亲，张家有意退婚，但守备家不依，求凤姐以权势了结此事。凤姐便以贾琏名义，找人写信给长安节度使，让守备与张家退了婚，没想到张金哥与守备之子都是有情义之人，他俩一个自缢，一个投河。凤姐生生断了两条人命，而她自己得了三千两银子。自此之后，凤姐越发胆肥，肆意地以权牟钱。此事发生在馒头庵，"纵有千年铁门限，终须一个土馒头"。土馒头即坟墓，王熙凤把埋葬贾家的坟墓不断拉近，她没用才能推动贾家兴旺，反而与其他子孙一样，用败德行为，把贾家推向衰落与毁灭。

225

王熙凤是荣府管家,她的目标不是家族利益,而是个人利益最大化,她的私利源于对家族的悲观,源于个人目标与家族目标的不一致。如果是兴盛时期,对家族地位、财富的稳定有足够信心,家族利益的最大化与个人利益的最大化一致,在损害家族利益的时候就会有所顾忌。偏偏生于末世,家族处于风雨飘摇期,作为管家,她比谁都清楚收支状况。秦可卿给她的警示是整个家族的兴衰,而她谋划的是个人得失。以她的才干而言,秦可卿想到的她未必就想不到,但家族的兴衰不是她的重心所在,她在意的是权力在手的荣耀,是得到称赞时的得意,是获取利益时的满足,她只是要让大家看到她的才干,而不是用才干和权力维护家族利益。在该承担责任的时候,她放弃了,在管家位置加速谋取个人利益的同时也加快了贾家的衰落。

王熙凤最能体现人的多面性,在贾母、王夫人、大观园姐妹们、刘姥姥、平儿等人面前都是不一样的存在,但她也是尽职的,至少在表面上她合格地扮演着不同的角色。

王熙凤一出场就有震慑之威,人未到,笑已闻,所以黛玉纳罕道:"这来者系谁,这样放诞无礼?"贾家有规矩,邢夫人、王夫人、李纨等众媳妇在婆婆面前无不屏声静气,敢喧闹玩笑的只有王熙凤。细究之下她好像并没有逾规越矩,贾母是爱热闹之人,但媳妇们的沉默寡言常常使气氛尴尬,而王熙凤擅长在谈笑间化解尴尬和窘境。她不允许沉闷,所以贾府上至贾母下到奴婢将她这种行为视为有趣。脂批说:"阿凤于太君处承欢应候,一刻不可少之人。"第五十四回的回目有一句是"王熙凤效戏彩斑衣",贾母面前她一直是这样的角色,她是最会逗贾母笑的人,是让贾母情感放松的人。

王夫人不是较真之人，也没有洞察秋毫的能力，王熙凤在她面前便可弄鬼，汇报小事瞒过大事，表面上维护着王夫人的权威，实际上在府外用王家和贾家的权力谋着个人私利，同时损坏着两家的官声、民声。在内凭着管家之职拿官中的钱做人情获小利，贾府成了庞大的机构，越管人越多，越管事越多，开支持续走高，使本来就入不敷出的状况更加恶化。

王熙凤冷酷、阴毒、有手段。兴儿对尤二姐说她是"嘴甜心苦，两面三刀；上头一脸笑，脚下使绊子；明是一盆火，暗是一把刀"。这些手段也确实都用到了尤二姐身上，尤二姐以生命为代价证实了人们没有冤枉王熙凤。

王熙凤又是多面的。有时她也怜贫惜弱，她看邢岫烟是"温厚可疼的人"，因此"怜他家贫命苦，比别的姊妹多疼他些"，体现了她善的一面。对刘姥姥虽尊重不够，但还是资助了，为女儿留下了一世安稳。对平儿也有一丝温暖。协理宁国府时，虽然有出风头之嫌，但毕竟关键时刻做了他人难做之事。对弟弟妹妹也是极尽眷顾之心，第四十五回，探春、李纨邀她入诗社监察，省得人偷安怠惰，当李纨问她"这诗社你到底管不管"时，凤姐笑道："这是什么话，我不入社花几个钱，不成了大观园的反叛了，还想在这里吃饭不成？"抄检大观园时，她强调宝玉与黛玉自幼混一起，难免有宝玉的东西，使王善宝家的赖无可赖。在弟弟妹妹面前，她有一份纯情。

她也是委屈的，她的委屈是时代枷锁重压下女性的宿命，是堕落男性给予的不可抗争的命运，她无从逃避，只能服从，服从家族的安排，服从男性的安排。家庭的伦理秩序使她在很多时候不得不屈从，

227

对王夫人的糊涂昏庸她无力反驳，只能跟着去抄检大观园；面对邢夫人的刻意为难，也只能饮恨流泪。第五十四回，当贾母借破陈腐旧调弹压她时，她又羞又愧又怕，只能以喝贾母剩下的半杯残酒道歉求饶。当贾琏与鲍二家的偷情并诅咒她时，她也只能打平儿出气，却不对贾琏出手。贾琏偷娶尤二姐，她不能堂而皇之地将其拒之门外，再委屈也得先笑脸迎进门再说。

王熙凤是多元的，正如她的目标是多元的一样。黛玉只为爱情，宝钗要婚姻，宝玉要即刻的快乐，而熙凤要权、要钱、要威、要别人屈服，她在掌控和周旋中将自己的利益最大化。

她以权、以威压人，不像薛宝钗那样对人掌控于无形，贾府里的人对她是恨多爱少，少有人肯定她的人品。家族败落时少不了众人的落井下石，她，避无可避。王熙凤机关算尽只为满足个人的眼前利益，以她的才能本该在家族沦落时有所作为，但眼界的狭隘和骨子里的自私，使她尽失人心，最终在众人的唾弃中演绎着自己的悲剧。"机关算尽太聪明，反送了卿卿性命"，她的悲剧不在于聪明，而在于算计太过，伤人，最终伤己。

李纨：枯槁之心何以慰

李纨的出场是在第四回，说黛玉及贾家姐妹"因见王夫人事情冗杂，姊妹们遂出来，至寡嫂李氏房中来了"。女孩儿们年幼，需要人照看，李纨便是不二人选。

李纨是金陵名宦之女，父亲名为李守中，所谓"人能以理自守，安得为情所陷"。李守中曾为国子监祭酒，族中男女无有不诵诗读书者。到李守中则认为："'女子无才便有德'……便不十分令其读书，只不过将些《女四书》《列女传》《贤媛集》等三四种书，使他认得几个字，记得前朝几个贤女便罢了，却只以纺绩井臼为要"。"这李纨虽青春丧偶，且居处于膏粱锦绣之中，竟如槁木死灰一般，一概无闻无见，惟知侍亲养子，外则陪侍小姑等针黹诵读而已。"

贾珠"不到二十岁就娶了妻生了子，一病死了"，留下孤儿寡母。李纨出场时，贾兰五岁，自己也不过二十岁出头的年龄，正是青春好年华。贾府居大不易，婆媳、妯娌、主仆之间没那么和谐。探春说："咱们倒是一家子亲骨肉呢，一个个不像乌眼鸡似的，恨不得你吃了我，我吃了你！"贾母也曾说："我知道咱们家的男男女女都是'一个富贵心，两只体面眼'。"赵姨娘几次三番挑事胡闹也是发泄心中不平、不满，宝玉房中乳母丫鬟间也是矛盾重重，金钏之死可说是宝玉的污点，毕竟发生在王夫人房中，连贾母那里还有贾赦引发的鸳鸯剪发明志，而李纨房里却是安宁平和。

第七十回，碧月到怡红院看大家"大清早起就咭咭呱呱的玩到一处"，宝玉说："你们那里人也不少，怎么不玩？"碧月道："我们奶奶不玩，把两个姨娘和琴姑娘也宾住了。"李纨的稻香村安静，符合她的身份，也符合她的性子，孤儿寡母的院子只能安静，给小姑子做典范的嫂子也不能热闹。第四十二回刘姥姥二进荣国府，引得贾母让惜春作画，大家商议该如何行事，黛玉一句"母蝗虫"引得众人"哄然大笑，前仰后合"，黛玉连头发都乱了，归置好头发后，她指着李纨说："这是叫你带着我们作针线教道理呢，你反招我们来大玩大笑的。"这番话虽是玩笑，却说出了李纨的职责，大笑大闹不符合寡妇的身份，也失了嫂子的职责。

第七十五回，尤氏在惜春那里受了气，来到稻香村时未梳妆，未进食，"李纨忙命素云取来自己的妆奁。素云一面取来，一面将自己的胭粉拿来，笑道：'我们奶奶就少这个。奶奶不嫌脏，这是我的，能着用些。'李纨道：'我虽没有，你就该往姑娘们那里取去。怎么公然拿出你的来。幸而是他，若是别人，岂不恼呢。'"这对尤氏就不够尊重了，较起真来大家不免尴尬。李纨青春好年华却不能用脂粉，对话间说的是规矩，透出的是心酸。素云是李纨的贴身丫鬟，不是不懂规矩之人，如此行为必是平日主仆间界限模糊，李纨一不介意脂粉，二不介意规矩，把自家的习惯移到了别人身上，对尤氏的态度只是下意识的行为，没有不尊重，银蝶的话说出了李纨房内平时的状况。

"小丫鬟炒豆儿捧了一大盆温水走至尤氏跟前，只弯腰捧着。银蝶笑道：'说一个个没机变的，说一个葫芦就是一个瓢。奶奶不过待咱们宽些，在家里不管怎样罢了，你就得了意，不管在家出外，当着亲戚也只随着便了。'……炒豆儿忙赶着跪下。"她们不是不懂，而是习惯成自然，随意的日子里忘了规矩。李纨是该请安请安，该尽孝尽孝，该带弟妹带弟妹，该教育儿子教育儿子。之后关起门来自成一体，外面的是非纷杂与咱无关，屋内都是自己人，随意些，不然除了母子二人，都是奴才，日子过得多板正。所以，稻香村是安静的，也是随意的，外面是大家族的荣耀与纷争，里面是小门小户的平和与安宁，李纨守着儿子，守着节操，过着寡淡却安宁的日子。

第二十二回，合家人猜谜赏灯取乐，"贾政因不见贾兰，便问：'怎么不见兰哥？'地下婆娘忙进里间问李氏，李氏起身笑着回道：'他说方才老爷并没去叫他，他不肯来。'"这就是贾兰，自尊心极强，吃饭不叫我，游戏不叫我，我还不去呢。至于背地里，也可能是黯然伤神，郁闷于自己的边缘化；也可能无所谓，你们喧闹你们的，我安静我的。但你要叫我，也不拒绝，我也是会玩的。这也是李纨的境界。

第六十三回，宝玉过生日怡红院开夜宴，"黛玉却离桌远远的靠着靠背，因笑向宝钗、李纨、探春等道：'你们日日说人夜聚饮博，今儿我们自己也如此，以后怎么说人。'李纨笑道：'这有何妨。一年之中不过生日节间如此，并无夜夜如此，这倒也不怕。'"枯槁之心哪能有如此情致，她的玩儿心胜过了黛玉。大家抽签喝酒，李纨的签上画着一枝老梅，写着"霜晓寒姿"四字，那一面旧诗是：

竹 篱 茅 舍 自 甘 心 。

李纨笑道："真有趣，你们掷去罢。我只自吃一杯，不问你们的废与兴。"好一句"不问你们的废与兴"，这是对门外世界的排斥，是对贾府众人的规避，也是自我安顿和自我保护。

林和靖是北宋诗人，自谓"以梅为妻，以鹤为子"，人称"梅妻鹤

233

子"。李纨喜欢梅花,第四十九回芦雪庵联诗,宝玉落第,李纨说:"我才看见栊翠庵的红梅有趣,我要折一枝来插瓶。……如今罚你去取一枝来。"罚得雅致有趣。纯净的梅花安安静静地居于竹篱茅舍,李纨真的心如止水吗?曹公没有给她一个林和靖,她可有祈盼?

社会规范要求李纨有一颗枯槁之心,她尽力地配合着,以弱者姿态守护着她的希望和安宁。第五十五回,凤姐生病,王夫人让李纨暂时管家,"众人先听见李纨独办,各各心中暗喜,以为李纨素日原是个厚道多恩无罚的,自然比凤姐儿好搪塞"。下人们藐视李纨老实,李纨就老实给她们看。赵姨娘兄弟死了给多少钱,袭人母亲死时给了多少就给多少吧,探春说不对,应该给二十两,好,你们定。宝钗和探春在讨论贾府如何开源节流时掉书袋,李纨说:"叫了人家来,不说正事,你们且对讲学问。"似乎不明白两人的深奥,却很是巧妙地接上二人对话,准确地说出经济体制改革的根本所在:"使之以权,动之以利,再无不尽职的了。"

李纨不愚、不笨,大观园中嘴乖会说的莫过于凤姐和黛玉。宝玉曾说:"若是单是会说话的可疼,这些姊妹里头也只是凤姐姐和林妹妹可疼了。"但李纨与这两人斗嘴基本没输过。第四十二回,当黛玉说她招姐妹们大玩大笑时她有力反击,说:"真真恨的我只保佑明儿你得一个利害婆婆,再得几个千刁万恶的大姑子小姑子,试试你那会子还这么刁不刁了。" 一语抓住了未嫁女孩儿的软肋,林黛玉红了脸,无言以对,只有转移话题。第四十五回,当凤姐算完她的财产后,她说凤姐:"若是生在贫寒小户人家,作个小子,还不知怎么下作贫嘴恶舌的呢!天下人都被你算计了去!"又为平儿打抱不平:"昨儿还打平儿呢,亏你伸的出手来!……给平儿拾鞋也不要,你们两个只该换一个过子才是。"话说得稳、准、狠，句句中要害，凤姐惭愧不已，当众向平儿道歉。

李纨不是能力不足，她有口才、有智慧，但要藏起来，轻易不出手。宝钗是不拙而守拙，李纨是不弱而守弱。

李纨的守弱为她赢得了大家的怜爱。第四十三回，贾母要凑份子给凤姐过生日，当尤氏、李纨说要出十二两银子时，贾母忙和李纨道："你寡妇失业的，那里还拉你出这个钱，我替你出了罢。"但李纨不缺钱。第四十五回，大观园诗社请王熙凤做"监社御史"，凤姐说："分明是叫我作个进钱的铜商！"又对李纨说："这会子他们起诗社，能用几个钱，你就不管了？"还给李纨算了算家底："你一个月十两银子的月钱，比我们多两倍银子。老太太、太太还说你寡妇失业的，可怜不够用，又有个小子，足的又添了十两，和老太太、太太平等。又给你园子地，各人取租子。年终分年例，你又是上上分儿。你娘儿们，主子奴才共总没十个人，吃的穿的仍旧是官中的。一年通共算起来，也有四五百银子。"王熙凤是当家人，算算别人的家底还说得过去，怕的是不止一人在算，只不过只有凤姐说出来而已。第四十五回，宝钗、黛玉互剖金兰语，黛玉对宝钗说："你看这里这些人，因见老太太多疼了宝玉和凤丫头两个，他们尚虎视眈眈，背地里言三语四的，何况于我？""一年三百六十日，风刀霜剑严相逼"的哀泣不是无病呻吟。说起李纨的家当，连王熙凤都醋意满满，何况他人。但有趣的是，宝玉、凤姐得贾母疼爱全家都知道，还引得赵姨娘下黑手置两人于死地，而贾母对李纨和贾兰的偏爱却无人说起。第七十五回，一顿饭看出了贾家的衰败，尤氏赶上饭点，在贾母处用饭，给的是下人用的白粳米饭，因为如今的饭都是"可着头

235

做帽子"，没有剩下的，贾家也没有余粮了。而此时贾母把红稻米粥、笋、风腌果子狸和肉给凤姐、黛玉、宝玉和贾兰送了去。李纨和贾兰受到的偏爱逃过了众人眼。

当探春倡议成立诗社，李纨说："雅的紧！要起诗社，我自荐我掌坛。前儿春天我原有这个意思的。"不会写诗的李纨在元春省亲时只"勉强凑成一律"，为何会有此雅兴？元春喜欢，长辈婆婆不会反对，带这帮孩子写诗总比看他们拌嘴好。这时她长嫂风范十足，我大听我的，我当社长，诗社是大观园的游戏组织，必须全员参与，会写诗的宝钗、黛玉、宝玉写诗，不会写诗的迎春、惜春当领导做副社长，管出题限韵，誊录监场。

宝玉说她"虽不善作却善看，又最公道"，此话不假，但她剔除不了个人情感的影响。当她看到宝钗的"珍重芳姿昼掩门……淡极始知花更艳……不语婷婷日又昏"等语，不由得感叹"到底是蘅芜君"，不等看黛玉的诗，就"要推宝钗这诗有身分"。只是出于礼貌和修养，不得不看一下，其实她心里已然取了宝钗的"含蓄浑厚"。

这哪里是少女宝钗，分明就是寡妇李纨。难道寡妇只能像曹丕的《寡妇诗》那样？

霜露纷兮交下，木叶落兮凄凄。
候雁叫兮云中，归燕翩兮徘徊。

妾心感兮惆怅，白日忽兮西颓。
守长夜兮思君，魂一夕兮九乖。

怅延伫兮仰视，星月随兮天回。

　　徒 引 领 兮 入 房 ， 窃 自 怜 兮 孤 栖 。

　　　　　　　　　愿从君兮终没，愁何可兮久怀。

即使真的这样愁苦满怀，能表现出来吗？那将失了贵族风范，这种悲伤只能借机倾泻。第三十三回贾政打宝玉，王夫人劝不下的时候，便叫着贾珠哭道："若有你活着，便死一百个我也不管了。"李纨禁不住也放声哭了。当与人说起凤姐好造化有平儿相伴，自己却是孤身一人时不觉"滴下泪来"。

李纨要推的身份，是恪守礼教的身份，是恪守角色的身份，昼要掩门，妆要淡极，要无愁无欲无欣喜，这才是日常状态。

但李纨的内心不乏灵动之气，第三十八回的菊花诗，她说黛玉的诗"题目新，诗也新，立意更新，恼不得要推潇湘妃子为魁了"。当黛玉说："我那首也不好，到底伤于纤巧些。"李纨道："巧的却好，不露堆砌生硬。"她不是呆板之人，只因守寡，不得不藏起她的聪慧与灵动，以枯槁之态示人，让别人放心，让自己安心。

《红楼梦》曲，李纨对应的是〔晚韶华〕：

　　　　镜里恩情，更那堪梦里功名！
　　　　那美韶华去之何迅，再休提绣帐鸳衾。
　　　　只这戴珠冠，披凤袄，也抵不了无常性命。
　　　　虽说是，人生莫受老来贫，也须要阴骘积儿孙。

237

气昂昂头戴簪缨，光灿灿腰悬金印。

威赫赫爵禄高登，昏惨惨黄泉路近。

问古来将相可还存？

也只是虚名儿与后人钦敬。

镜里恩情，梦里功名，移开镜子，走出梦境，一切皆为空。儿子的功名也好，头上的珠冠也罢，都抵不了无常性命。

她的判词是：

桃李春风结子完，

到头谁似一盆兰。

如冰水好空相妒，

枉与他人　作　笑　谈。

李纨的人生很凄凉，很悲苦，却成为他人的笑谈。只是笑什么？贾珠早逝，她只能守着贾兰，再无别的可能。在贾府男性的集体堕落中，李纨关上门，把腐朽霉烂之气挡在外面，营造一个清净平和的空间，使贾兰成为贾府中唯一有志之人。可笑吗？

王夫人：孤独中的护子狂魔

王夫人是谁？贾母的儿媳妇，贾政的夫人，元春、贾珠、宝玉的母亲，王子腾的妹妹，王熙凤的姑妈，贾琏的婶母，薛蟠、薛宝钗的姨妈，林黛玉的舅妈，著名的刘姥姥家姑爷的上四辈与她父亲连的宗。贾府中她关联的人最多，有做皇妃的女儿，有做大官的哥哥，还有一个被贾家寄予厚望的儿子宝玉以及未来光耀贾家门楣的孙子贾兰。在贾母年迈、贾政无意家事的情况下，王夫人本该是这个大家庭的管家之人，却把管家之事交给了贾赦和邢夫人的儿媳妇、自己的侄女王熙凤。她能把大权主动交给别人，即使那是自己的侄女，也说明不是强势之人。

不强势的王夫人少了些威严和心机，王熙凤在诸多事情上给她玩兵法，让她在已经失控的情况下，依然相信自己的掌控力。第七回，凤姐请示王夫人派谁给临安伯老太太的生日送礼，王夫人道："你瞧谁闲着，就叫他们去四个女人就是了，又来当什么正经事问我。"这等小事都来请示，自然不会认为凤姐有事对她隐瞒。紧接着凤姐又笑道："今日珍大嫂子来，请我明日过去逛逛，明儿倒没有什么事情。"王夫人道："没事有事都害不着什么。"凤姐成功脱身去宁府一日游。这里体现两人的不同，王夫人认为想玩就去玩好了，缺席一天，贾府塌不了。王熙凤觉着有工作在身不好脱岗，但王夫人可不在乎这些，娱乐还找理由请假，多余，想去就去好了，需要费这心思？

元春省亲后，贾政想把十二个小沙弥和十二个小道士发到各庙去分住。贾芹之母周氏盘算着给儿子找个工作，挣些银钱，可巧听见这件事出来，求到凤姐。凤姐便"想了几句话"回王夫人说："这些小和尚道士万不可打发到别处去，一时娘娘出来就要承应。倘或散了伙，若再用时，可是又费事。依我的主意，不如将他们竟送到咱们家庙铁槛寺去，月间不过派一个人拿几两银子去买柴米就完了。说声用，走去叫来，一点儿不费事的。"王夫人听了，便与贾政商量。贾政听了笑道："倒是提醒了我，就是这样。"二人多半在感叹：到底凤丫头想得周到。却不想他们盛赞的凤丫头在眼皮底下以公权谋私情，给贾芹设置了工作岗位，并提前支取三个月的费用，贾府的银子就这样毫无声息地流走了。

王夫人也不较真儿。第三回，王夫人出场的第一句话是问王熙凤月钱放了吗，王熙凤说放了，然后说王夫人要的缎子没找到，王夫人的回答是"有没有，什么要紧"。交代过的事情自己认为不重要，但问还是要问的，表明自己没有忘记，只是不关心结果。王夫人的口头禅是"有什么要紧""害不着什么"，她对家事只过问、不关心，全权交给了凤姐，凤姐觉得合适，好的，那就是合适。

贾府是大家族，旁支侧脉中有名有姓的年轻男性就有二十多人，有名有姓的丫鬟、仆妇、男仆、小厮等约三百人，再加上家眷、亲戚等，一个庞大的群体附着于贾家，他们要在贾府找工作挣工资，管家这一职位不仅管着一族人的日常生活用度，还关乎几百上千人的生存状况和生活质量，是责任同时也是权力。王夫人交责放权的同时不时问问、查查：月钱可按时放？面料可在？衣服做了吗？饭做好了吗？……似乎尽着监督之责，可她纠结于小事，从不关注大事，她不是不管，是想不到还有大事，她的心胸只装得下琐事。

王熙凤做的很多事情她想都想不到：毒设相思局，贾瑞不治身亡；秦可卿丧礼期间弄权铁槛寺，致死两条人命；拿着官中的钱放高利贷收黑钱；把尤二姐赚入大观园并借刀杀人；唆使张华状告贾琏；

等等。男性在外败坏贾府声誉，凤姐在内以各种方式侵蚀着家族利益，王夫人作为监管者，没看到，也没想到。

对家事无兴趣的王夫人与家人的关系很是微妙。她与丈夫感情疏离，在贾政面前透着卑微。两人见面的时候不多，有事多半通过下人转达。让薛家母子住在贾家，贾政是让下人跟王夫人说的，两个人没有沟通。贾政较少出现在王夫人房间。第二十三回，贾政在王夫人房中说事聊天，说到袭人这名字刁钻的时候，王夫人忙着替宝玉开脱，说是贾母起的名字。贾政知母知子，说老太太如何知道这名字，一定是宝玉，宝玉不得不承认，说是从"花气袭人知昼暖"来的。贾政批宝玉不务正业，专在浓词艳赋上做功夫，王夫人忙说："宝玉，你回去改了罢。老爷也不用为这小事动气。"她小心翼翼地讨贾政欢心，卑微地唯贾政是从，只要他高兴。

第七十七回，贾政带宝玉等出去见人，"命坐吃茶，向环兰二人道："宝玉读书不如你两个，论题联和诗这种聪明，你们皆不及他。今日此去，未免强你们做诗，宝玉须听便助他们两个。'王夫人等自来不曾听见这等考语，真是意外之喜"。做妻子卑微也就罢了，做母亲竟也这般卑微，相比来自同一家庭的侄女王熙凤，王夫人弱得不像出自贵族之家。

第三十三回，贾政因金钏之死、忠顺王府索要蒋玉菡等事件暴打宝玉，王夫人劝说虽然有力，但透着弱势："老爷虽然应当管教儿子，也要看夫妻分上。我如今已将五十岁的人，只有这个孽障，必定苦苦的以他为法，我也不敢深劝。今日越发要他死，岂不是有意绝我。既要勒死他，快拿绳子来先勒死我，再勒死他。我们娘儿们不敢含怨，到底在阴司里得个依靠。"孤苦无依状立现，这应该是王夫人平时的生活状态。除了宝玉，只有来自娘家的薛家母女给她些慰藉，那是她仅有的温暖，在贾府她很是孤独。

王夫人与婆婆言谈不合，贾母面前她木讷，话少无主张。每次选择活动地点前，贾母问王夫人哪里好时，她的回答是："凭老太太爱在那一处，就在那一处。""老太太怎么想着好，就怎么样行。"对于这种回答可以有多种理解："反正您做主，你怎么说就怎么来"，"您想在哪儿就在哪儿呗，我不操这心"，"您最大，您说在哪儿就在哪儿"……这可以理解成尊重、疏离、敷衍各种态度，或者是各种情绪的混合体，说明王夫人在贾母的事情上并没有操多少心，只是尽礼而已。

贾母对王夫人的评价不高。第三十五回，贾母对宝钗说："我如今老了，那里还巧什么。当日我像凤哥儿这么大年纪，比他还来得呢。他如今虽说不如我们，也就算好了，比你姨娘强远了。你姨娘可怜见的，不大说话，和木头似的，在公婆跟前就不大显好。凤儿嘴乖，怎么怨人疼他。"这里说的是她不太爱说话，其实做得也很不到位。面对幼小的孤女黛玉，她没有怜爱，只有排斥和防备，贾母自是看在眼里，对黛玉的态度一定程度上反映了对贾母的感情。

贾母对王夫人的不满也是由来已久，平时无从发泄，有个沾边的机会都不会放过，贾赦要鸳鸯不得，她对着王夫人发作了。"贾母听了，气的浑身乱战，口内只说：'我通共剩了这么一个可靠的人，他们还要来算计！'因见王夫人在旁，便向王夫人道：'你们原来都是哄我的！外头孝敬，暗地里盘算我。有好东西也来要，有好人也要，剩了这么个毛丫头，见我待他好了，你们自然气不过，弄开了他，好摆弄我！'"儿孙满堂却只有一个丫头是可靠的，贾母的心酸可见一斑。她说出了一般老年人都有的心结，她护着的人和财富是有人惦记的。老人家看得清楚，儿孙所求多是私利，尤其是在家族衰败过程中。但这样明晃晃地摆明了说，也真是忍无可忍了。这种与人无关却发作于人的做法，不是欺人弱就是发泄真实感受，从后来贾母让宝玉跪下替她道歉来看，不是欺弱，只是发泄不满。

王夫人长子贾珠去世，儿媳李纨不掺是非，孙子贾兰并不亲近，女儿在皇宫为妃，只有宝玉是她的依靠。对这个儿子她有着非同寻常的保护欲，平日不强势没有权力欲的王夫人一遇到与宝玉有关的事情，战斗力立刻升级，夸张地想象，严苛地处理，小事酿成大事，无事生了非。

第一次见黛玉，王夫人就没客气，警告黛玉，别搭理宝玉，别亲近宝玉。姐妹一旦跟他多说两句就要疯，他的甜言蜜语是说给每个姐妹听的，不独给你说，所以不能信。对儿子之事母亲有超乎寻常的嗅觉，黛玉刚到贾府，年岁很小，不过会长大的，防患于未然，她似乎已经看出黛玉对宝玉的影响力，恨不得直接喊出"离我儿子远点儿"。对一个六七岁的小女孩发出如此警告，王夫人是有多焦虑？

金钏与宝玉实际是两个少男少女的调情玩笑，很难说谁挑动谁，谁对谁错，却惹得王夫人大骂："下作小娼妇，好好的爷们，都叫你教坏了。"一巴掌将金钏打得颜面扫地，并将其撵出贾府断其生路。

晴雯与宝玉之间并无越界言行，却因外貌与性格招王夫人厌恶，后又受人诽谤，惹得王夫人口出恶语。从长相、装扮到性格，无一不是她的怒点："好个美人！真像个病西施了。你天天作这轻狂样儿给谁看？你干的事，打量我不知道呢！我且放着你，自然明儿揭你的皮！""我看不上这浪样儿！谁许你这样花红柳绿的妆扮！""这几年我越发精神短了，照顾不到。这样妖精似的东西竟没看见。"我们看到的似乎不是一个贵妇人在骂丫鬟，而是一个情场失意的人在骂第三者。也是，对贾政身边的妾不能说不能骂，只能对宝玉身边的丫鬟下手了，只是她骂的又似乎不仅仅是丫鬟，对着眉眼有些像林妹妹的晴雯，说些狠话，指桑骂槐了。况且，对一个丫鬟如此动气也有失体统。第六十四回，赵姨娘与小丫鬟打成一团，探春说："那些小丫头子们原是些顽意儿，喜欢呢，和他说说笑笑；不喜欢便可以不理他。便他不好了，也如同猫儿狗儿抓咬了一下子，可恕就恕，不恕时也只该叫了管家媳妇们去说给他去责罚，何苦自己不尊重，大吃小喝失了体统。"王夫人大家族出身，岂不知如何管理丫鬟，却偏偏失了分寸。这是恐惧、不安、愤怒等催生下的不理性，丈夫情感上的疏离、女儿现实中的隔离、儿子心理上的远离，当一切正在失控甚至已经失控，手中残余的权力便被滥用。骂人如此，之后的抄检大观园亦是如此。

第三十四回，宝玉挨打后王夫人叫人来问情况，"袭人道：'论理，我们二爷也须得老爷教训两顿。若老爷再不管，将来不知做出什么事来呢。'王夫人一闻此言，便合掌念声'阿弥陀佛'，由不得赶着袭人叫了一声：'我的儿，亏了你也明白，这话和我的心一样。……'"王夫人当然知道袭人说的是黛玉，贾母所说的"不是冤家不聚头"，"只有两个玉儿可恶"，把他俩作为一体。

第五十七回，紫鹃情试宝玉，更摆明了两人的不可分拆，况宝、黛二人一起长大，言行互动已超出表兄妹的界限。抄家时在紫鹃处抄出宝玉的物件，王熙凤说："宝玉和他们从小儿在一处混了几年，这自然是宝玉的旧东西。这也不算什么罕事……"这一切王夫人自然心知肚明。她对宝黛言行、情感的不安，对木石姻缘的抗拒，更是惶惶于二人的相处模式。袭人的话触碰到她的心结，她无处诉说的心结，二人虽不明言，却都明了，那一句"我的儿"是有了知音的动情，是有了同盟者的感慨。所以她会含泪对王熙凤和薛姨妈说："你们那里知道袭人那孩子的好处？比我的宝玉强十倍！"她相信袭人的纯洁，相信袭人会与她一起守护宝玉的清白，她要宝玉身边"干净"，避免"不才之事"发生。当她对袭人说"我就把他交给你了，好歹留心，保全了他，就是保全了我"时，她有了破冰之感，宝玉身边终于有了信任交心之人，终于可以监督甚至参与宝玉的生活，终于可以清理宝玉身边的不安分之人。宝玉成长带给她的不安和焦虑终于有所缓解，至少不再坐以待毙。如果她知道她如此信任的袭人才是与宝玉有事的人，将情何以堪？

冷清、寂寞的王夫人，在冷漠的贾家，尤其对她更冷漠的贾家忍着，忍着丈夫的冷漠，忍着婆婆的强势，忍着母亲权力的残缺。但遇到与宝玉有关的事情就不忍了，她全力护着宝玉，尽力把自己中意的袭人和宝钗放在他身边，除了放心之外，更是防止宝玉从心理和感情上与自己疏离，这似乎是她唯一能守住的人了。

247

薛姨妈：忍辱负重的母亲

想想甄士隐在岳父家的处境，就知道薛家在贾家的尴尬了。甄士隐家中有难，投奔到还算是小康之家的岳父封肃家，这个亲岳丈贪了甄士隐的银子，还人前人后嫌弃他不善过活，好吃懒做，最终甄士隐不堪忍受屈辱远离尘世。

薛姨妈带着人命在身的儿子与未及笄的女儿投奔亲戚，虽然说得坦然，心中必定忐忑，于是有了一个冠冕堂皇的理由——入宫选秀。

薛家不是由王夫人而是贾政与贾母出面留下的，给足了王夫人和王家面子。薛姨妈住在贾府本想拘紧些儿子，怕另住在外他纵性惹祸，结果却是在贾府子弟引诱下，薛蟠比平日更坏了十倍。所以为管束儿子住进贾府的理由似乎并不成立。但薛姨妈依然在贾府过起了或与贾母闲谈，或与王夫人相叙的日子，只是这日子好像也没有那么舒心。

刚到贾府时，薛家住在了荣国公暮年养静之所——荣府东北角梨香院，但梨香院在元妃省亲时给了戏班排戏用，薛家又搬到了东北角一处幽静之地。这个场景很有趣，两家是如何沟通这件事的？由谁去说？王夫人还是王熙凤，甚或是谁的陪房？无论多智慧的说法，传递的核心无非是：元妃要回家了，我们家戏班子要演戏给她看，梨香院给戏班子排戏合适，有一处院子更幽静，离王夫人的正房也不远，姐俩走动起来也还方便，您老挪挪地儿？薛姨妈以怎样的心境从荣府东北角的梨香院搬到东北角的另一处院子？总之，薛家搬家了，从贾家的一处院子搬到了贾家的另一处院子，因为原来住的院子要给戏班子用。无论理由多堂皇，做亲戚做到这个地步都透着心酸和无奈，孤儿寡母的不容易。

第二十二回，贾母出资二十两银子给宝钗过生日，细究起来大有深意。第四十三回，王熙凤过生日，贾母提议攒金庆寿，大家凑份子，贾母也是出资二十两，薛姨妈随贾母也是二十两，王夫人以下各减一等，依次十六两、十二两等，共集了"一百五十两有余"。所以凤姐对着出二十两银子的贾母说："这个够酒的？够戏的？"也不全是玩笑。出资多少无所谓，只是这十五岁生日，及笄之年，不得不想想宝钗的婚姻。《牡丹亭》有"年已及笄，不得早成佳配"，《仪礼·士昏礼》有"女子许嫁，笄而醴之，称字"。及笄之年的女孩子住在姨丈家，还是名声不怎么好听的贾家，风险不小。第二十九回，贾母对张道士说："有和尚说了，这孩子命里不该早娶，等再大一大儿再定罢。你可如今也打听着，不管他根基富贵，只要模样配的上就好，来告诉我。便是那家子穷，不过给他几两银子罢了。"贾母的意思很明了：我们宝玉还小，命里不该早娶，况且我家不缺钱，不稀罕谁家那几两银子，宝钗可不小了，该嫁就嫁了吧。

大家心知肚明，只是把假意藏起来，"真心"地走着仪式，只是这仪式也有玄机。宝钗为讨贾母欢心，点的都是老人爱看的热闹戏。贾母高兴，又让黛玉点，黛玉懂事，让薛姨妈、王夫人点，贾母却说话了："今日原是我特带着你们取笑，咱们只管咱们的，别理他们。我巴巴的唱戏摆酒，为他们不成？他们在这里白听白吃，已经便宜了，还让他们点呢！"好吧，白吃白喝，客人住在您家，您这白吃白喝都出来了，说给谁听呢？薛姨妈真的没听出来吗？抑或，你说你的，我为了女儿忍着，一忍再忍，忍了又忍，咬碎了牙我也忍。于是大家一笑而过，你开玩笑呢，我计较什么？

自然也有实在忍无可忍的时候。第四十六回，贾赦讨鸳鸯做姨太，鸳鸯在贾母面前剪发明志，贾母气得浑身发抖，向王夫人道："你们原来都是哄我的！外头孝敬，暗地里盘算我。有好东西也来要，有好人也要，剩了这么个毛丫头，见我待他好了，你们自然气不过，弄开了他，好摆弄我！"这话很重，非常重，算计什么东西？又算计了哪个人？老太太这是憋了多长时间，积压到此时终于发作了。事件起因是贾赦要娶鸳鸯，跟王夫人确实没关系，这种转移式发泄，除了借题发挥表达平时无法表达的情绪，还能作何解释？由此可见，贾母对王夫人早有诸多不满。按说人家母子婆媳闹矛盾，也没碍薛姨妈什么事，可她着实受伤了。但是如果把"剩了这么个毛丫头，见我待他好了，你们自然气不过"中的毛丫头换成黛玉，贾母大骂王夫人是不是可以说得通了？薛姨妈生气是不是也可以理解了？事件平息后，贾母要人来打牌，别人一听马上就来了，只有薛姨妈向丫鬟道："我才来了，又作什么去？你就说我睡了觉了。"在丫鬟的强拉硬拽下，薛姨妈来打牌了，牌桌上的你来我往好看至极。中国人解决问题的场合包括饭桌，也包括牌桌，输赢玩笑间，想说的说了，想骂的骂了，想解决的问题解决了，不想或不能解决的问题随着牌来牌往，压住甚至消散了。

如此忍耐自然有忍耐的原因，薛姨妈进京一是带儿子避祸，二是带女儿选秀，但宝钗的选秀应该不在皇宫，而在贾家。要嫁入贾家，一在宝钗，要讨大家喜欢，这对行为豁达、随分从时的宝钗来讲不在话下；二要靠天命，有了金锁，自然天命也在。胜算如何？看如何行事喽。

第七回，王夫人在梨香院跟薛姨妈拉家常，薛姨妈让人给贾府姑娘们送宫花，王夫人说留着给宝姑娘戴，薛姨妈说了一句很给力的话：

"姨娘不知道，宝丫头古怪着呢，他从来不爱这些花儿粉儿的。"而王夫人最恶盛妆艳饰、语薄言轻者。薛姨妈聪明，也许是天性，也许是有意按照王夫人的喜好塑造宝钗，总之宝钗养成了王夫人喜欢的样子。薛姨妈也给王夫人说过宝钗的金锁要等有玉的才能嫁，多合适，年龄差三岁，金锁上还挂着金砖呢。两姐妹谈论起二宝的婚姻估计早已乐翻，自然是同仇敌忾不懈努力了。

第八回，宝玉与宝钗第一次正式出现在同一个画面的时候，就通过小丫鬟莺儿之口引出金玉之说，显然这在薛家差不多人尽皆知。金玉之说在贾家的广泛传播是薛姨妈不遗余力游说的结果，而宝玉也在不知不觉中被拖入局，说出"姐姐这八个字倒真与我的是一对"这样的话，在宝玉没什么特别含义，但对王夫人、薛姨妈以及宝钗都是重大突破，金玉之说得到宝玉本人认可了。

金玉之说中间横着个木石前盟，自然也不会顺风顺水，需要做出艰苦努力。

第二十五回，王熙凤曾说过要黛玉做贾家的媳妇，显然这传递了一种信息，宝黛婚事已提到议事日程。之后有了第二十七回的滴翠亭事件，宝钗甩锅黛玉，不论宝钗有意还是无意，对黛玉都是有实质性伤害的。同一回王熙凤对黛玉的态度有了明显变化，但起因是什么却无线索，当她听到小红原名红玉时，"将眉一皱，把头一回，说道：'讨人嫌的很！得了玉的益似的，你也玉，我也玉。'"熙凤讨厌谁呢？贾府有三玉——宝玉、黛玉和妙玉，妙玉是出家人，犯不着讨厌人家，只剩黛玉了，这是王熙凤第一次对贾母的心头肉有了微词。接着就有了第二十八回宝钗当着王夫人的面对宝玉说："你正经去罢。吃不吃，陪着林妹妹走一趟，他心里打紧的不自在呢。"眼药上得准且狠，当着妈妈的面，说她儿子的心被一个姑娘带走了，还是一个她不喜欢的姑娘。这是在戳谁的心？但这些都没能阻挡宝玉对黛玉的感情，在知道宝玉对黛玉坚定不移后，薛姨妈出大招了。

第五十七回，紫鹃情试宝玉试出了他对黛玉的真情，当听说黛玉要走的时候，宝玉立刻变得疯呆起来。大家心知肚明，而薛姨妈给出另外的解释，薛姨妈劝道："可巧林姑娘又是从小儿来的，他姊妹两个一处长了这么大，比别的姊妹更不同。这会子热剌剌的说一个去，别说他是个实心的傻孩子，便是冷心肠的大人也要伤心。这并不是什么大病，老太太和姨太太只管万安，吃一两剂药就好了。"这种说法聪明至极。第一，化解了二人情感带来的尴尬，让你们一起长大，可没让你们有男女私情，这样有伤风化的事情如何做得？没有，绝对没有，看谁敢说有？第二，破解了这一事件给金玉姻缘带来的危机，如果贾母为救宝玉性命当场订婚可如何是好？那就彻底断了金玉之说。

之后薛姨妈见邢岫烟生得端雅稳重，欲娶入薛家，薛蟠不能嫁就嫁薛蝌。与荣府长房联姻，邢夫人成了自家亲戚，联盟中便多出一份力量。

之后的爱语慰痴颦，真正把个痴姑娘慰得稳稳的。薛姨妈在潇湘馆与黛玉、宝钗聊天道："我的儿，你们女孩家那里知道，自古道'千里姻缘一线牵'，管姻缘的有一位月下老人，预先注定，暗里只用一根红丝把这两个人的脚绊住，凭你两家隔着海，隔着国，有世仇的，也终久有机会作了夫妇。这一件事都是出人意料之外，凭父母本人都愿意了，或是年年在一处的，以为是定了的亲事，若月下老人不用红线拴的，再不能到一处。比如你姐妹两个的婚姻，此刻也不知在眼前，也不知在山南海北呢。"什么意思？告诉黛玉：傻姑娘，别以为你们天天在一处，有青梅竹马的感情，有老太太的支持就行了，月老没拴红绳，差得远呢。

但慈姨妈又给出了天大的希望。她说："我虽没人可给，难道一句话也不说。我想着，你宝兄弟老太太那样疼他，他又生的那样，若要外头说去，断不中意。不如竟把你林妹妹定与他，岂不四角俱全？"末了，还补充一句："我一出这主意，老太太必喜欢的。"老太太当然是中意的，您倒是去说呀。

贾母虽然疼爱黛玉，却不会说起她与宝玉的婚事，所以薛姨妈应该是第一个，也是唯一一个认真地跟她提这件事情的人，且有着明确说法——我要去提亲。黛玉沦陷了，沦陷在甜蜜的虚妄中，没有意识到薛姨妈的虚伪和宝钗的恶意。什么叫无人可给？金玉姻缘是哪儿来的？哄哄黛玉这种无依无靠、无人指点的小女孩罢了。再看宝钗说的，"我哥哥已经相准了，只等来家就下定了"。把粗俗不堪的薛蟠、贾琏口中的薛大傻子与才貌双绝的黛玉拉在一起，不是污辱是什么？但听薛姨妈的意思是："你与宝玉没戏，也不是完全没戏，我去给你做媒，还是有戏的。"这种先打入绝望的深渊，再给根线要拉你上来的神操作，让黛玉信了她娘俩的邪，认了姐姐，认了妈妈，黛玉彻底服帖了，甚至在第六十二回直接喝了宝钗漱口剩的半杯茶，无从拒绝。

薛姨妈以她的老辣与敦厚赢得了黛玉信赖，黛玉掉进了薛家母女的温柔包围中，但聪明的黛玉，真的没有觉察吗？黛玉"姐姐""妈妈"叫得亲，是真的情感依赖，还是幻想着能得到她们母女的助力？黛玉呀，可怜的黛玉！

而薛姨妈试图用金网住玉，给女儿一世繁华，一生安稳，却不想宝玉最终还是出走了，给宝钗留下的是一生凄苦。

韶华流逝

有几载

读红楼，常觉与书中人物同龄，少时不觉其年长，成年后也不觉其年幼，忘却黛玉、宝玉落入读者俗眼凡心时仅为六七岁的幼童。人物年龄轨迹模糊且偶有混乱，原因之一在于作者多把年龄隐在事件之中，偶尔给个光点，当你追迹而寻时，已是轻轻滑过消失在云雾中，只能平添惆怅。

但曹公没有混乱，只是高深，虽不明言，却在隐秘的线索下，给出清晰的脉络，细细究来竟是丝毫不爽。

第一回，说甄士隐"只有一女，乳名唤作英莲，年方三岁"，一日梦中见一僧一道携了"蠢物"造劫历世，那"蠢物"便是经女娲之手有了灵性的石头，要下凡来享荣华富贵，即宝玉要出生了。此时英莲（香菱）三岁，故英莲大宝玉三岁。第六十三回，群芳在怡红院为宝玉祝寿，大家抓签吃酒，袭人抽的签是"坐中同庚者陪一盏"，"香菱、晴雯、宝钗三人皆与他同庚"，可知这四人皆大宝玉三岁。第三回，黛玉进贾府，在与王夫人谈到宝玉时说"这位哥哥比我大一岁"，则宝玉比黛玉大一岁，宝钗、香菱、晴雯、袭人比黛玉大四岁。由此，宝玉、黛玉、宝钗、香菱、晴雯、袭人的年龄差已出。

第二回，冷子兴对贾雨村演说荣国府时，道出："这位珍爷（贾珍）倒生了一个儿子，今年才十六岁，名叫贾蓉。"第十三回，秦可卿去世，为了葬礼的荣耀，贾珍花一千二百两银子给贾蓉买龙禁尉，买官履历上写道"江南江宁府江宁县监生贾蓉，年二十岁"，从第二回到第十三回有四年的时间。第十三回黛玉十岁，父亲生病、去世，宝玉十一岁，宝钗十四岁。

第四回，说薛蟠"今年方十有五岁"，"还有一女，比薛蟠小两岁，乳名宝钗"，即宝钗十三岁，根据第二回宝玉七岁、宝钗十岁，算出第十三回宝钗十四岁，可知第四回到第十三回过了一年时间，第二回到第四回是三年时间。

第四回，门子说到英莲，"虽隔了七八年，如今十二三岁的光景"，与同岁的宝钗年龄一致。

第四回，有"珠虽夭亡，幸存一子，取名贾兰，今方五岁"之说，至第七十八回贾兰写姽婳词时幕宾称赞："小哥儿十三岁的人就如此，可知家学渊源，真不诬矣。"即第四回到第七十八回，有八年时间。

第二十二回，熙凤张罗给宝钗过生日，出现"薛大妹妹今年十五岁"之语，从第四回到第二十二回，有两年时间，此时宝玉十二岁，黛玉十一岁。

第二十三回，元春命众姊妹并宝玉进住大观园，宝玉写春、夏、秋、冬夜即景诗传至府外，知是贾府十二三岁公子所为，佐证此时宝玉已过十二岁不满十三岁。

第二十五回，宝玉、熙凤被赵姨娘和马道婆魇住，一僧一道来治病，那和尚把玉接过来后擎在掌上，长叹一声道："青埂峰一别，展眼已过十三载矣！"宝玉十三岁了，黛玉十二岁，宝钗已是十六岁了。从第一回到第二十五回有十三年时间。

第四十五回，黛玉与宝钗互剖金兰语的时候说，"我长了今年十五岁"，从第二十五回到第四十五回为三年时间。

第四回，宝钗十三岁正准备到京都，约十四岁到贾府，第二十二回，又说宝钗才过第一个生辰，时十五岁，是合逻辑的。

由这些线索，可推算出《红楼梦主要人物年龄表》。

没有给出确切年龄且有些错乱的是王熙凤母女。从表述上看，王熙凤应该比宝钗大比薛蟠小，但第二回冷子兴说贾琏年二十，娶熙凤已有两年，宝钗此时十岁，薛蟠十二岁，熙凤应在十至十二岁之间，有些不合情理。她女儿连名字都易了几易，大姐、巧姐儿、巧哥儿，有时是一个人，有时又是两个人，年龄更是混乱，前八十回一直被抱在怀中，不能给出确切说法。

年龄明确给定还前后矛盾的唯有晴雯。第七十八回，宝玉的《芙蓉诔》中说晴雯"窃思女儿自临浊世，迄今凡十有六载"。此时晴雯应为二十一岁，但这句话不可当真。第一，以唯美的方式祭奠女子，自然二八才是佳人，二十一岁，有点过龄了，实在难入诗文。第二，本就是障眼法，诔的不是晴雯，何必以真龄示人？也许天下男人都情愿女子停留在十六呢，在最美妙的二八时光消逝，美便成了永恒。

前八十回历约十八载，顽石、草木经历了富贵繁华、凄风苦雨，他们长大了。

黛玉五岁时，贾雨村做了她的老师，一年后，母亲去世，贾府派人来接，林如海对贾雨村说，"已择了出月初二日小女入都"，之后

回目 人物	第一回	第二回	第四回	第十三回	第十六回	第十八回	
宝玉	0	✗7	10	11	12		
黛玉	0	✗6	9	10	11		
宝钗	3	10	✗13	14	15		
晴雯	3	10	13	14	15		
袭人	3	10	13	14	15		
英莲	✗3	10	13	14	15		
贾蓉	9	✗16	19	✗20	21		
贾兰	0	2	✗5	6	7		
薛蟠	5	12	✗15	16	17		
贾琏		20					
妙玉						✗18	
贾芸							

✚ 注：标记有 ✗ 的年龄为书中给定，其余是推算而来。

物　年　齢　表

回	第二十四回	第二十五回	第二十七回	第三十五回	第四十五回	第七十八回	第七十九回
	13	✗13	14		16	18	
	12	12	13		✗15	17	
	16	16	17		19	21	
	16	16	17		19	21	
	16	16	17		19	21	
	16	16	17		19	21	
	22	22	23		25	27	
	8	8	9		11	✗13	
	18	18	19		21	23	
	20	20	21		23	25	
	18		19				

"有日到了都中，进入神京"。路上一来一往没有具体时间，推测应是六到七岁之间，所以与宝玉"一桌子吃饭，一床上睡觉"并无不妥。但第三回末和第四回开始的叙述却有矛盾之处。黛玉到贾府的次日起来，省过贾母，到了王夫人房里，见王夫人与兄嫂即王子腾处的来使计议家务，又说姨母家遭人命官司等语，所谓官司就是薛蟠打死冯渊之事，此时薛蟠十五岁，宝钗十三岁，宝玉十岁，黛玉九岁。这里有些疑惑，黛玉母亲死后即来贾家，九岁才到，算起来路上用了三年时间。第十二回，林如海年底身染重疾，黛玉回扬州看父亲，第十四回，跟贾琏送黛玉的昭儿回来说，"林姑老爷是九月初三日巳时没的"，之后"二爷带了林姑娘同送林姑老爷灵到苏州，大约赶年底就回来"，第十六回，"琏二爷和林姑娘进府了"，看起来不过一年时间。从第十二回到第十六回不好推断时间，但第四回到第十三回只有一年时间，第十三回到第二十二回也是一年时间，所以第十二回去扬州到第十六回回贾府最多一年多时间，期间黛玉从京都到扬州，林如海生病、去世，又扶灵到苏州，再回到京都，路程远超当初黛玉从扬州到京都，所以黛玉当初历时三年到贾府存疑。且黛玉初到贾府，与宝玉"一桌子吃饭，一床上睡觉"，如果九岁才到贾府，这样的行为就不太合情理。

林黛玉五岁随贾雨村读书，六岁母亲去世到了贾家，庚辰本第三回的回目中有"荣国府收养林黛玉"，令人心酸。第七回，周瑞家的送宫花，黛玉对她冷笑道："我就知道，别人不挑剩下的，也不给我。"这件认定黛玉尖酸刻薄之事，发生在黛玉九岁时。第十四回，王熙凤对宝玉说："你林妹妹可在咱们家住长了。"时黛玉十岁，林如海去世，她成了孤儿无家可归，只能寄居舅舅家。第二十五回，凤姐对黛玉说："你既吃了我们家的茶，怎么还不给我们家作媳妇儿?"

庚辰本有侧批："二玉之配偶，在贾府上下诸人，即观者、批者、作者皆为无疑"，这时黛玉十二岁。第二十七回，十七岁的宝钗滴翠亭甩锅十三岁的黛玉。第三十二回，十四岁的黛玉等到了宝玉的表白。第四十五回，十九岁的宝钗征服了十五岁的黛玉，此后她们相互维护，宝钗再无反对者。

宝钗十三岁时哥哥打死冯渊，十四岁随母兄来到贾府。十五岁时贾母为宝钗庆生，摆酒、唱戏很是热闹，还引出十一岁的黛玉、十二岁的宝玉和更小的湘云之间的一场混战。第二十八回，十七岁时，元春赐给她与宝玉一样的端午节礼。第三十六回，十八岁左右的宝钗不掩饰对宝玉的情动。第七十回，二十岁的宝钗似乎得到了"金玉姻缘"，只是到了第七十八回，已是二十一岁的宝钗依然未嫁。

宝玉七八岁时见到黛玉，不超过十一岁与袭人初试云雨情，十三岁被赵姨娘和马道婆施法魔住，十四岁时元春赐予和宝钗一样的端午节礼，有赐婚的意思，但被贾母以不宜早婚为由驳回。第三十二回，十五岁时向黛玉表白，此后二人再无嫌隙。

妙玉是大观园中年龄最大的女孩儿，比宝玉大七岁，她十八岁到贾家，第六十三回，给宝玉送生日帖子时，宝玉十七岁，她二十四岁。到第七十八回，宝钗、袭人、香菱二十一岁，宝玉十八岁，黛玉十七岁，妙玉二十五岁。大观园女儿们的青春即将逝去，曹公会以怎样的心境写下去？

贾府内外

众相生

家庭是以血缘、情感为纽带的经济组织，血缘的远近影响着家庭凝聚力，经济规模的大小决定着家族扩展的程度。当一个家庭的经济规模溢出了直系亲属，旁支侧脉便围绕中心人物、核心家庭形成庞大的家族，经济体越大，集聚的人就越多，家族的规模也就越大，最后会突破姓氏，延伸至姻亲等，形成庞大的家族网络。一些血缘关系较远，甚至没有血缘，但通过各种途径连上的亲戚，则黏附在网络上，无须对家族承担责任，却享受着家族的益处，对核心家庭形成不同程度的围猎。

贾府是一个赫赫扬扬了百年的大家族，从宁国公和荣国公开始，到草字辈的贾蓉、贾兰等已经历了五代。（见图1）

贾府的故事从宁国公贾演、荣国公贾源开始，他们为贾家创下基业。第七回，焦大骂人，尤氏为他辩护，对凤姐等人说："他从小儿跟着太爷们出过三四回兵，从死人堆里把太爷背了出来；得了命，自己捱着饿，却偷了东西来给主子吃；两日没得水，得了半碗水给主子喝，他自己喝马溺。"贾家兄弟二人用血用命挣下家业，换来贾家几世的富贵荣华。当时朝廷有四王八公，贾演、贾源占了二公，只是这泼天的富贵能延续几代？

第一代宁国公贾演有四个儿子，贾代化袭了一等神威将军；荣国公贾源的儿子贾代善袭了官，这哥俩是平安官，没做出什么惊天动地的事业，倒也没辱没了祖宗，顺利将官位传了下来。贾代化的儿子贾敬起初还算不错，祖荫庇护下也是个有追求的官三代，读书好还考中了进士，但不知是不是受了刺激，不要说创业，家都不想守了，一味好道，只爱烧丹炼汞，把官位让给了儿子贾珍，死后得了皇上

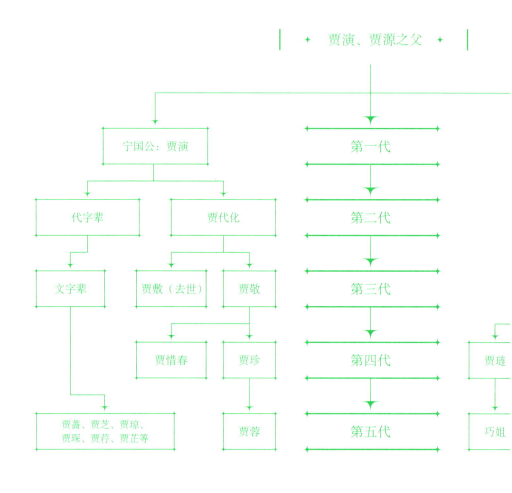

贾演、贾源之父

宁国公：贾演	第一代
代字辈　　贾代化	第二代
文字辈　贾敷（去世）　贾敬	第三代
贾惜春　贾珍	第四代　贾琏
贾蔷、贾芝、贾琼、贾琛、贾荇、贾芷等　贾蓉	第五代　巧姐

✣ 图 1　贾家世系图

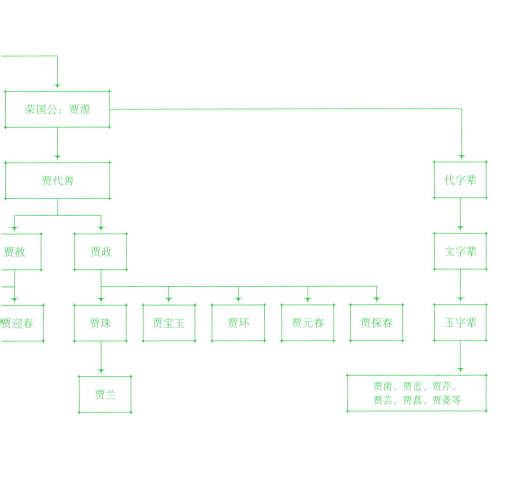

追封，于子孙却是再无恩封。贾珍袭了三品爵威烈将军，这个官四代只有败家的份儿，过着把宁府翻过来也没人敢管的日子。到了第五代贾蓉，考功名无望，只能花钱买官，在妻子秦可卿去世时，为了葬礼的荣耀花一千两百两银子买了龙禁尉，也算是有官位在身吧。

荣国府第二代贾代善应该是还不错的官二代，至少在皇上面前有些颜面，为子孙积福，长子贾赦袭一等将军，二子贾政本欲以科甲出身，却因皇上体恤先臣恩赐了主事之衔，贾家二代算是功德圆满。

只是俗语不欺人，富到第三代，肩负家族传承重任的宁、荣两府的长子贾敬和贾赦出问题了。

不满足人世凡间的荣华富贵，贾敬把官位和宁府统统交给了带领子侄"每日家偷狗戏鸡"的贾珍，自己烧丹炼汞追求神仙境界去了。石头渴望享人世间的富贵繁华所以下凡，贾敬身在其中却设法离去，果然风景在远方。

贾赦倒是尽享人间欢乐，书中借王熙凤之口说出贾母之言："老爷（贾赦）如今上了年纪，作什么左一个小老婆右一个小老婆放在屋里，没的耽误了人家。放着身子不保养，官儿也不好生作去，成日家和小老婆喝酒。"这是贾赦的生活状态，他是今朝有酒今朝醉，子孙若愁随他愁。皇上面前不见他尽忠，贾母面前不见他尽孝，子孙面前不见他尽责，一副误国败家的模样。

荣府次子贾政还好，酷好读书，本欲以科甲出身，赖着祖荫被皇上恩赐了体制内官员，"每公暇之时，不过看书着棋"，似乎身修得不错，倒没见他坑家败业，但真是修身修得好的话，能宠爱赵姨娘也是奇了。很难想象以赵姨娘的心性、品德和修养与"自幼酷喜读书"之人能志趣相投，或者是读了假书？所以贾政不是只"于花鸟山水题咏上"平平，而是方方面面都平平，才能容纳赵姨娘的粗劣不堪。贾政于齐家这方面着实失职：赵姨娘和贾环醉心于内斗害人，不是家族安稳、兴旺之兆；对贾宝玉非骂即打，完美扮演着严父，宝玉除了畏，也没见遵着他的教导读正经书走正经路。所谓"假正"嘛，别当真，"假家"，一切都是虚幻。

到了第四代的贾珍、贾琏、贾宝玉、贾环，就别指望了，这是在告诉我们：坏，会败家；无能，会败家；无能加坏，更会败家。

贾珍袭了三品爵威烈将军，还有个堂妹是皇妃，大小也算个国舅，肆意地享受着吃喝玩乐。

贾珠十四岁进学，被寄予厚望，偏偏早逝，但留下了希望，就是贾兰，他是贾家败落中的一根稻草，支撑着破败不堪的大厦，只是能撑几时？

贾琏用钱买了五品同知，也是有官位在身的人，当然官事基本不做，还好与王熙凤一起管着家。只是在男权社会，在女性弱势的社会，比起夫人来他还"退了一射之地"，有限的才能不足以支撑社会和家族赋予他的权力，只能慢慢地耗着，耗到家财散尽，耗到人去楼空。性别特权让他犯着男人常犯的错，给末世中的家族制造些绯闻八卦，增些谈资，虽于国于家无望，却能满足别人的好奇心，也不算完全无用。

贾宝玉只想醉死在温柔乡，在他看来，即使家族败落，也不会影响到自己的富贵生活，是个"富贵不知乐业，贫穷难耐凄凉"之人。他不知道从富贵到贫穷没有障碍，而贫穷也不会因嫌弃某人就躲避而行，更不知道贫穷意味着什么，除了对爱情的憧憬，对生活、对前程统统没有忧虑，是个快乐的小孩。但末世中堕落家族的快乐又能持续多久？

还有贾环，与他同父同母的探春跟着贾母、王夫人长大，自有贵族气质，贾环由赵姨娘抚养，几乎继承了她所有的负面特质。在父亲贾政眼中，贾环"人物委蕤，举止荒疏"，他被贾母、王夫人忽略，被众人厌恶。贾环是贾府的正经公子，却偏偏像个边缘人，做着猥琐、阴暗之事，但凡不是情感缺失、生活拮据，都不会用煤油泼宝玉，与丫鬟抢零钱要脂粉。当他与宝钗的丫鬟莺儿游戏输了钱，居然赖钱，被莺儿抢白。游戏不能玩了，他快快回到家里，赵姨娘问他："又是那里垫了踹窝来了？"他把过错都归因于别人，说："同宝姐姐玩的，莺儿欺负我，赖我的钱，宝玉哥哥撵我来了。"赵姨娘啐道："谁叫你上高台盘去了？下流没脸的东西！那里玩不得？谁叫你跑了去讨没意思！"无论家庭地位还是心理定位，赵姨娘都是卑微的，可悲的是，她把这种卑微移到了儿子身上，你是低人一等的，何苦高攀，也高攀不起，直接把贾环推到了众人的对立面，影响了贾环在贾府的心理定位。一个自卑、自私、懦弱且不甘之人，自然难做好事，琐碎的阴谋中难有光明，至于担起贾府大业，想都别想。

第五代，长孙贾蓉，长得好看讨人喜欢，至少王熙凤不讨厌他，除此之外好像没什么特长。他与贾珍父子俩志趣相投，一起游戏人生，至于家族事业，统统抛诸脑后。贾兰年岁小，给出的信息不多，《红楼梦》曲中，李纨对应的〔晚韶华〕中有"只这戴珠冠，披凤袄，也抵不了无常性命"，凤冠霞帔、珠冠凤袄是贾兰考取功名后带给母亲的，重振贾家的希望全落在贾兰身上，但一人之力能否担此大任不得而知。无论如何，贾家还有一线希望，但难以再现昔日辉煌。

费孝通在《乡土中国》里说道："中国的家是一个事业组织，家的大小是依着事业的大小而决定。如果事业小，夫妇两人的合作已够应付，这个家也可以小得等于家庭；如果事业大，超过了夫妇两人所能担负时，兄弟伯叔全可以集合在一个大家里。"贾家很多事情都是同族中无工作、无收入的人来做，是鉴于亲戚关系，也是千丝万缕的人情绕在其中无从选择。只是大家族聚在一起各有各的心思、各有各的目标，在壮大家族的同时，也从各方面削弱着家族的力量。

贾代化和贾代善袭了官，他们的后代也就成为贾家富贵的承袭者，代化、代善兄弟的后代就成了旁支侧脉，这些人大多要靠着贾府生活，贾府也确实在某种程度上担起了这一责任。第五十三回，贾珍收了庄子上的收成，吩咐"将方才各物留出供祖的来；将各样取了些，命贾蓉送过荣府里去；然后自己留了家中所用的；余者派出等第来，一分一分的堆在月台下，命人将族中的子侄唤来，散与他们"。那些闲着无事无进益的族中子弟会得到宁、荣二府的生活资助，而这些贾家子弟为了利益形成了对贾府的围猎。

贾蔷乃"宁府中之正派玄孙，父母早亡，从小儿跟着贾珍过活"，与贾蓉要好。元春省亲，大观园要成立戏班子，有很多事情要做，包括"下姑苏合聘教习，采买女孩子，置办乐器行头等事"。在贾蓉的怂恿下，凤姐在贾琏面前狠狠替他说好话，贾蔷领了差事，第一件事是问贾琏"要什么东西，顺便织来孝敬"，他设定的目标是讨好当权管事之人以获取更多的个人利益。贾琏并不精明，但到底是办事的人，人情世故还是通的，他看透了贾蔷这类人、这些事的本质，回的是："才学着办事，倒先学会了这把戏。"但只有这套把戏才能在贾府更好地生存，连贾蓉这个宁府第五代唯一直系都问凤姐"婶婶要什么东西，吩咐我，开个账给蔷兄弟带了去，叫他按账置办了来"，可见行贿办事都不算是潜规则，是过了明面的惯例了。夫妻倒是没要东西，只是顺便给贾琏的乳母赵嬷嬷的两个儿子也找了工作，跟着贾蔷去采办了。

元春省亲后，贾政想把十二个小沙弥和十二个小道士打发到各庙分住。"贾芹之母周氏，正盘算着也要到贾政这边谋一个大小事务与儿子管管，也好弄些银钱使用。可巧听见有这件事，便坐轿子来求凤姐。"凤姐因依允了，一番算计后"便回王夫人说：'这些小和尚道士万不可打发到别处去，一时娘娘出来就要承应。倘或散了伙，若再用时，可是又费事。依我的主意，不如将他们竟送到咱们家庙铁槛寺去，月间不过派一个人拿几两银子去买柴米就完了。说声用，走去叫来，一点儿不费事的。'王夫人听了，便商之于贾政。贾政听了，笑道：'倒是提醒了我，就是这样。'即时唤贾芹来"。贾芹领了差事，"登时雇了大叫驴自己骑上，又雇了几辆车子，至荣国府角门前，唤出二十四个人来，坐上车，一径往城外铁槛寺去了"，落到路人眼中又一个赫赫扬扬的场面。

果然，这一幕正好被贾芸的舅舅卜世仁看到。贾芸也想找工作，求了贾琏，贾琏本来想把管和尚道士的活儿给贾芸，结果被王熙凤截和给了贾芹。贾芸聪明，当听贾琏说，"前儿倒有一件事情出来，偏生你婶婶再三求我，给了贾芹了。他许了我，说明儿园里还有几处要栽花木的地方，等这个工程出来，一定给你就是了"，立刻明白求错人了。于是找舅舅卜世仁借钱给王熙凤行贿，就有了卜世仁说的："你但凡立的起来，到你大房里，就是他们爷儿们见不着，便下个气，和他们的管家或者管事的人们嘻和嘻和，也弄个事儿管管。前儿我出城去，撞见了你们三房里的老四，骑着大叫驴，带着五辆车，有四五十和尚道士，往家庙去了。他那不亏能干，这事就到他了！"艳羡之情溢于言表，他不是恨铁不成钢，而是恨有便宜却占不上的窝囊样，典型的吃大户心态。能够沾光，沾上贾府的光，是周围人的追求。贾芸跟醉金刚借钱行贿王熙凤，真的见效，很快得了种树种草的工作，领了二百两银子，先还了债，再五十两买树。剩下的如何分配？大概王熙凤都不记得给了多少钱出去，谁还去查账不成？

贾芹靠着母亲求情，贾蔷凭着与贾珍、贾蓉亲近，贾芸靠着自己的聪明得了差事，无论事前还是事后，第一件事都是给贾琏和凤姐行贿。这些人在贾府的亲戚群里，却没在人才库中，需要借助私人关系才能到岗拿工资。凤姐能干，却无大胸怀，于贾家兴衰也并不介怀，关注于个人利益，她不吃亏万事即安，做事的人中饱私囊，那是官中的钱，与她何干？贾府这个庞大的经济体，只是依照惯性自发地运转，并无规划，且每个人，无论是管事的还是做事的，都想得些私利。在这样的治家理念下，贾府的财政终有危机，连黛玉这个最不管事的外孙女都看得出来，管事管家的怎会没有觉察？只是都不认为与自己有关，依照惯性继续生活罢了，没有人想到化解危机，当然贾府的危机也极难化解。

贾府需要关照的宗室近亲还有贾效、贾敦、贾琮、贾瑞、贾珩、贾珖、贾琛、贾琼、贾璘、贾菖、贾菱、贾藻、贾萍、贾藻、贾蘅、贾芬、贾芳、贾菌、贾芝等，一个庞大的家族需要贾府供养，而这些人想得到的无非是在贾府寻个差事或白得些便宜过好小日子，哪管官声民声财政危机。

除了宗亲，还有贪慕权贵攀附而来的各路人马。

贾雨村创造了攀附权贵的经典。他因有贪酷之弊，恃才侮上，做官不到一年便被参革职。之后到甄家做了先生，只因甄老夫人疼爱孙子，"每因孙辱师责子"，就辞了馆出来。后闻得林如海当了盐政，又"闻得盐政欲聘一西宾，雨村便相托友力"，谋进去做了黛玉的老师。巧的是这两家都与贾家关系密切，贾家的银子可以存在甄家，甄家被抄家后可以把东西藏在贾家，如此交情托人谋个官位不是难事，只是没成，于是到了贾家姑爷林如海家，这次成了，成功之后的升迁离不开贾家和王家的助力。

贾雨村对贾家向往已久，对贾家的了解也不是一日之功，看他说起贾家的口吻："若论荣国一支，却是同谱，但他那等荣耀，我们不便去攀扯，至今故越发生疏难认了。"透着文人的清高，只是中国传统出了五服便不再是亲戚，所以即使想认亲，也得别人应啊，富贵亲戚不是谁想认就能认的，这时的清高有点假。"那日进了石头城，从他老宅门前经过，街东是宁国府，街西是荣国府，二宅相连，竟将大半条街占了。大门前虽冷落无人，隔着围墙一望，里面厅殿楼阁，也还都峥嵘轩峻，就是后一带花园子里，树木山石，也还都有蓊蔚洇润之气，那里像个衰败之家！"他眼中的贾府是赫赫扬扬传了五代的世家，是他这样一个做官不到一年的穷儒站上云梯也只能仰望的高度，攀不上贾家正主，认识边缘人物倒是有机会的。他先是到了甄家："去岁我在金陵，也曾有人荐我到甄府处馆。"说的是被人推荐到甄家，作为当事人叙述有很强的主观性，可以掩盖不便被人知之事，说出想被人知之事。到林家是"相托友力"的结果，是借作者之笔写出，是客观描述，是怎样就怎样，没有歪曲，不加遮掩，所以他怎样进的甄家，不能听他说，可从如何进的林家一事，推断他如何进的甄家。靠着林如海，贾雨村先攀上了贾家，贾政为他谋了应天府，一上任就碰上了薛蟠的人命案，他"断了此案，急忙作书信二封，与贾政并京营节度使王子腾"，将恩人之女香菱推入深渊，但讨好了两个权贵，划算。经此一事，贾雨村成了贾琏的同宗弟兄，王子腾也有动力推动贾雨村仕途开挂，果然后来又当了大司马，贾家、王家多了一个办事之人，当然办的多半是坏事。

贾雨村眼中"有作为大本领的"古董商人冷子兴是王夫人陪房周瑞家的姑爷，对贾家熟悉，跟人聊起贾家都带着我与贾家有关的炫耀。确实，他也借力贾家做着或正当或不正当的生意。一次他喝了两杯酒，和人纷争，被人告到衙门里要递解他还乡，他媳妇着急，周瑞家的"仗着主子的势利，把这些事也不放在心上，晚间只求求凤姐儿便完了"。摊上官司都如此淡定，可见平时没少扯着贾家这张大旗做虎皮谋取个人利益，但坏的是贾家的名声。

著名的刘姥姥与贾家的关系有着十万八千里的距离。说有一本地人王氏，"祖上曾作过小小的京官，昔年与凤姐之祖王夫人之父认识。因贪王家的势利，便连了宗认作侄儿。……目今其祖已故，只有一个儿子，名唤王成……。王成新近亦因病故，只有其子，小名狗儿"。

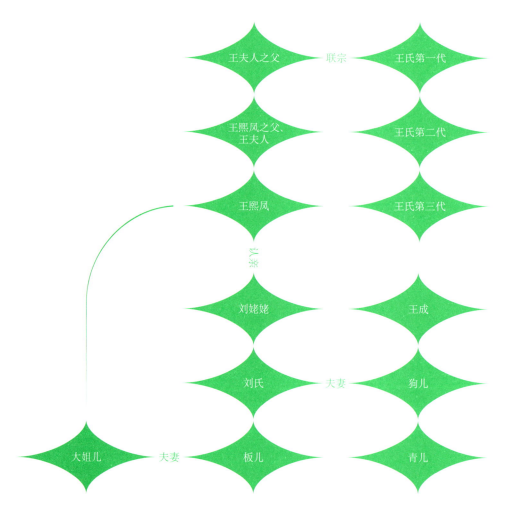

✛ 图2 刘姥姥的联亲之路

联宗之亲也到了第五代，刘姥姥是狗儿的岳母。现今社会大概没人好意思说这样的关系还能是亲戚。但刘姥姥到了贾家，先找到老相识周瑞家的，又找到贾家的实权人物王熙凤，还到了贾家的权威人物贾母面前，于是第一次得了二十两银子并物品，第二次得了百多两银子并更多的物品，狗儿家彻底脱贫奔小康，最后在贾家败落后联宗后的第六代板儿还娶了王熙凤的女儿大姐儿。（见图2）

家族是利益共同体，而基于血缘联结的人数毕竟有限，不足以支撑庞大的经济体，联姻便成为拓展人脉、凝聚力量的最优路径，所谓四大家族"皆连络有亲，一损皆损，一荣俱荣，扶持遮饰，皆有照应"，就是联姻的原因和结果。（见图3）

贾、王、史、薛四大家族中贾家势力最强，想当年朝廷四王八公贾家独占两公，三大家族都有女儿嫁入贾家，史家地位高，只嫁了一位贾母，厉害的是王家，继王夫人和王熙凤之后，王家外孙女薛宝钗也嫁了进去。贾府有意思，邢夫人、尤氏、秦可卿等都不是出自名门望族，原因不好说，可以肯定的是不会出于爱情。贾家的女儿并无嫁入其他三大家族，贾敏嫁了钟鸣鼎食的书香之家林如海，元春嫁了皇上，她俩嫁在贾家昌盛时，迎春和探春出嫁已在贾家衰落时了，惜春干脆不出嫁，而是出家。

我们看到姻亲中的互助，也看到非正义互助中的相互削弱。

王子腾得了薛蟠打死人的信息，派家人来告诉贾家，欲唤薛家进京。贾雨村的应天府是在贾家和王家的助力下得到的，上任后的第一个官司就是薛蟠人命案。在舅舅和姨丈庇护下的薛蟠打死人便一走了之，如同玩了一场游戏，结束之后踪迹全无，又过起了富贵快乐生活。而贾雨村断了此案，急忙作书信二封给贾政和王子腾，说"令甥之事已完，不必过虑"，服务真是到家了。这里是薛家在消耗着贾家和王家，尤其是薛蟠后来住到了贾府，贾贵妃家住着一个杀人犯怎么都不是好名声吧。

第四十四回，贾琏与鲍二媳妇有事被凤姐发现，鲍二媳妇吊死，他娘家的亲戚要告，贾琏命人去和王子腾说，将番役仵作等叫了儿名来，帮着办丧事。那些人见了如此，纵要复辩亦不敢辩，只得忍气吞声罢了。第六十八回，凤姐唆使张华告贾琏，审理此案的都察院素与王子腾相好，收了银子了结此事，又是借了王子腾的官威。王子腾的官声也在一次一次用官威平事的过程中坏了下去。

庞大的亲友团形成了对贾家的围猎，对权力、对财富、对声誉的围猎。他们通过各种途径搭上贾家，利用其权、其势、其威获取好处满足私利。

贾府家学中除了子弟，还有姻亲等其他与贾家有些瓜葛的学童。

贾璜是贾家第五代近支，他与金荣的姑妈夫妻俩守着些小的产业过日子，时常得些凤姐、尤氏的资助，金荣是通过姑妈走了凤姐门路进了贾府家学。第九回，群童闹学堂他吃了亏，回到家被母亲责骂："若不是仗着人家，咱们家里还有力量请的起先生？况且人家学里，茶也是现成的，饭也是现成的。你这二年在那里念书，家里也省好大的嚼用呢。省出来的，你又爱穿件鲜明衣服。再者，不是因你在那里念书，你就认得什么薛大爷了？那薛大爷一年不给不给，

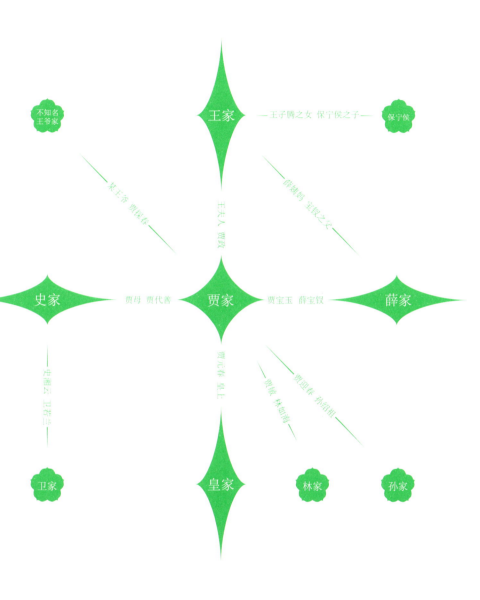

图3 四大家族联姻谱

这二年也帮了咱们有七八十两银子。"一副你不是上学，你是在挣钱的劝告。金荣的姑妈倒很是硬气，侄子受了欺负她便去宁府讨说法，只是尤氏只说了秦可卿因兄弟在学堂打架之事在生气，就提都不敢提了，当然，占了便宜哪里还能保住尊严。免费上学、免费吃食，还有人贴钱，金荣有脾气，他母亲胡氏可清楚得很，闹了脾气钱就没了。

第四十九回，李纨寡婶带着两个女儿李纹、李绮上京，邢夫人兄嫂带着女儿邢岫烟投奔邢夫人，薛蝌带着妹妹薛宝琴进京待嫁，大家碰得巧，一起来到了贾家。"贾母王夫人因素喜李纨贤惠，且年轻守节，令人敬服，今见他寡婶来了，便不肯令他外头去住。那李婶虽十分不肯，无奈贾母执意不从，只得带着李纹、李绮在稻香村住下了。""贾母便和邢夫人说：'你侄女儿也不必家去了，园子里住几天，逛逛再去。'邢夫人兄嫂家中原艰难，这一上京，原仗的是邢夫人与他们治房舍，帮盘缠，听如此说，岂不愿意。"贾母喜欢宝琴，"连园中也不命住，晚上跟着贾母一处安寝"。贾府一下子热闹了起来，大观园里更是莺声婉转燕语呢喃，只是贾府的账上告急了。昌盛时期，家中多几个人生活，无非是添几双筷子而已；艰难时候，就是面子与银子如何平衡的问题了。

王熙凤弄权铁槛寺，老尼求凤姐用权力让张金哥退掉与原任守备之子的婚事，凤姐以贾琏名义办成此事，得了三千两银子。老尼没说得了什么好处，但这不是成人之美，乐得顺水推舟，这是毁人姻缘，比拆庙更损阴德令人鄙视，但老尼做了，做得无愧无羞，做得理所当然。贾家的权力又一次被利用，王熙凤得了好处，贾琏的名声怕是又坏了一层。

围猎的名义各式各样，围猎的内容也是应有尽有，要钱的，用权的，借名的，能想到的基本不落。

宫中太监不时地来贾家借钱，夏守忠曾不止一次要钱，一次因买房子钱不够，借二百两，并说上次借的一千二百两迟些日子还，凤姐的回答是："若都这样记清了还我们，不知还了多少了。"可见借了多次从未还过。贾琏又说周太监张口就要一千两，答应得慢了就不自在。贾府长期被勒索却无力摆脱。

贪享型的贾赦、贾珍等享着祖荫做着有损家族声誉之事，贾雨村拿着朝廷俸禄行着误国伤民之事，宫中的太监们扛着皇上的大旗吃拿卡要，庙里的老尼穿着缁服乱扰凡间事，朝廷也被围猎着。

同族的、同宗的、同谱的、联姻的、联宗的，或为生存或为升迁或为借势或为避祸，贾府内外男男女女为各自私利围猎着贾府。这块蛋糕很大，多挖一块是一块，挖没了怎么办？那是别人的事，与我何干！

官员呢？从王子腾到贾赦到贾珍到贾政再到贾雨村，没看谁为了朝廷劳心费神，大家相互庇护，互保平安，关系网下是法外之地。朝廷上下，贾府内外，哪里还有一丝清明之气？层层围猎下，贾府被掏空，朝廷被掏空，走入末世的不仅仅是贾府一族。

话　大观
　　观
乾　园内
坤

《红楼梦》作者真是神仙，在"七年男女不同席不共食"的年代，以皇妃的名义安排一个天仙宝境般的省亲别墅大观园，让少男少女们撇开父母长辈单独住了进去，每人一个院子，还有若干亭榭、花柳山水的偌大景致作为节日活动、闲来聚会之地。十岁出头，小学、初中的年龄，不用上学，不用考试，衣食住行有人侍候，吟诗作赋有人照顾，每天除了给长辈请安是正事，其余时间想看杂书看杂书，想聊闲天聊闲天，凭心情描鸾刺凤，看天气弹琴下棋。男生烦躁了踢踢小厮踹踹丫鬟，再不行偷着读读《西厢记》；女生郁闷了吵吵小架撕撕东西，还能不小心听到《牡丹亭》。贾母的要求是：姊妹们一处玩，开心就好，只别拌嘴。多宽容的家长。

元春的初衷是"家中现有几个能诗会赋的姊妹"，为"不使佳人落魄，花柳无颜"，让妹妹们住进大观园，又想到宝玉若不进去，心中必不大畅快，贾母、王夫人不免愁虑，便"命宝玉仍随进去读书"。

宝玉不是不读书，只是不读科考之书罢了，否则俗语聊俗事怎能接得上黛玉的妙语话奇思。秉灵秀之气、生于公侯富贵之家，住在"锦笼纱罩，金彩珠光，连地下踩的砖，皆是碧绿凿花"之所的贾宝玉，注定成为情痴情种，也只有掉进女孩儿堆里，情才能溢，痴才能深，情深痴重的宝玉在香脂浓粉中释放着他的快乐。而女儿堆里掉进了宝玉，才能尽显纯净与美好，少男少女的才情使这座本应庄严肃穆的园子灵动而清雅。

大观园因元春回娘家而建，既承载皇家的荣耀与恩赐，也浸润着不能见女儿的伤感，"奢华过费"中自有情致与雅趣。大观园工程告竣，贾政带着众清客题匾额、对联，一路走，一路看，一路赞，但一路拟词颂圣、应景题词而已，不见动情。直至来到"有千百竿翠竹"的潇湘馆，贾政有了憧憬："若能月夜坐此窗下读书，不枉虚生一世。"

刘姥姥不凡，虽为村妇，却有着与生于世家、酷爱读书的贾政一样的见识，到了潇湘馆，就认为"这必定是那位哥儿的书房了"，潇湘馆的书香胜过了竹香。

居竹林才好饮清露，前世的甘露怎可断于今生？恩不断地施，泪不停地还，不能留醉待明月，还可洒泪伴竹韵。"竹上泪迹生不尽"，只有翠竹托得住还泪而生、泪尽而亡的黛玉，也只有泪染斑竹才载得下黛玉的无尽凄苦。

果然，黛玉因为"爱那几竿竹子隐着一道曲栏，比别处更觉幽静"选了潇湘馆。月光下竹影里，仙子临窗掩卷，或忧或泣，或悲或苦，伴着书香氤氲，袅袅情思绕过花径草阶，停在怡红院宝哥哥院子里的海棠花前，用一滴一滴的眼泪，守望着前世给予甘露、今世给予真情之人。

竹林可清雅，亦可洒脱，"独坐幽篁里，弹琴复长啸"的王维等着"明月来相照"，竹影琴声伴月光，淡然平和；"竹中窥落日"的吴均看云看霞看飞鸟，闲适又洒脱。黛玉与屈原笔下念着"余处幽篁兮终不见天，路险难兮独后来"的女子有些心境契合，但多了些忧和哀。黛玉眼中，雨洗翠竹竹更翠，却是东流水，化作伤情泪，她把读书之境泣成了情殇之河。

竹林中的黛玉是：

彩线难收面上珠，

湘江旧迹已模糊。

窗前亦有千竿竹，

不识香痕渍也无。

哪里的竹子谁的泪？太虚幻境、湘水河畔、大观园内，绛珠仙子、湘水女神、潇湘妃子，仙界凡尘、前世今生，落到了竹林间，汇成了吟诗流泪的潇湘妃子。天仙宝境里，窗外竹扰着窗内人，窗内不尽泪打着窗外斑斑竹，黛玉承载的不仅仅是神瑛侍者的甘露之恩，还有延绵不断的至纯之情。

竹影窗下读书是黛玉的日常，对贾政而言却是不可得之事。当然这也不是贾政的打开方式，他读书的目的是常问经济策，献身帝王家，在"世事洞明皆学问，人情练达即文章"的匾下更相宜。月夜窗下读书是风雅之事，儒生官员自会有此说法，当不得真，附庸而已，以示自己不是无趣之人。比不得黛玉，只一句"爱那几竿竹子隐着一道曲栏"，便溢出了一身清雅诗意。

黛玉的仙气缭绕不绝，即便是哀怨的葬花，也能呈现出绝美画面。神瑛侍者年岁渐长，正懵懂于情为何物的时候，为解其不可名状的忧愁，小厮拿来了《会真记》。偏偏要躲开旖旎的怡红院，来到园中，坐于花下，读着"落红成阵"，等着桃红飘舞得满身、满地、满书都是。怜花惜草的神瑛侍者不忍玷污花红，为保洁净将其撒于水中，随水逝的画面并不哀伤，反而美得令人心醉。绛珠仙子扛着花锄，捧着花袋，微步于花舞红飞的春天，将落花收入花囊，葬入泥土。女孩儿自有一番洁净观，"质本洁来还洁去"，逐水流不如随土化，生于泥土归于泥土，归处终究在来处。

必然的相遇，必然的同行，少男少女同葬一朵花，同读一本书。于桃花飞舞间看完《会真记》，直觉"词藻警人，余香满口"，相对轻言浅笑。

一个是"多愁多病身"，一个是"倾国倾城貌"，一个"过目成诵"，一个"一目十行"。女孩儿收到表白后的带怒含嗔，男孩儿失言后的羞愧情急，是那个时代、那个年龄独有的情感体验，一切都是春天般美好。不同于第二次葬花，那是把美演绎成了绝望。少男听到的是少女的"呜咽之声"，看到的是"独倚花锄泪暗洒"，而自己"不觉恸倒山坡之上，怀里兜的落花撒了一地"。此时，他不能自已，把落花抛于地上，他痛着少女的痛，悲着少女的悲，至情当前，哪里还有自己？

宝玉选了与潇湘馆"又近，又都清幽"的奢华绮丽之所怡红院。怡红院在众人眼中"真搜神夺巧之至"，是有红有绿的地方，是宝玉情迷、宝钗情动、黛玉情伤的地方，也是迷失之地。

院外碧桃环绕，院内芭蕉迎客，还有"红晕若施脂，轻弱似扶病"的女儿棠，贾政带人走来，"便都迷了旧路，左瞧也有门可通，右瞧又有窗暂隔，及到了跟前，又被一架书挡住。回头再走，又有窗纱明透，门径可行，及至门前，忽见迎面也进来了一群人，都与自己形相一样，却是一架玻璃大镜相照。及转过镜去，越发见门多了"。处处有门却是处处不通，处处不通又处处可行。富贵繁华下，贾家已陷旋涡，不过被海棠芭蕉所蔽，被怡红快绿所惑，貌似于通达之中，实则陷入绝路之途。

醉酒后的刘姥姥迷路迷到了怡红院，因不识镜子，把镜中的自己认作他人，贫也好富也罢，自身面目尚且不识，何况被幻象迷着眼的众生呢。刘姥姥进了宝玉卧室，看到的是"最精致的床帐"，却"不承望身不由己，前仰后合的，朦胧着两眼，一歪身就睡熟在床上"。弄得满屋子"酒屁臭气"，需要"三四把百合香"驱味，刘姥姥还在疑惑"这是那个小姐的绣房，这样精致？我就像到了天宫里的一样"。宝玉梦里梦外都不会想到，他的床铺曾被染了男人气味的"混帐"——那个被黛玉称作"母蝗虫"的乡下婆子醉卧过。宝玉的侍者都是洁净的女孩儿，女人不能近其身，内室不能进，茶饭不能端，却被腌臜婆子做了腌臜事，又何尝不是另一个"欲洁何曾洁"呢？刘姥姥，这个具民间生存智慧的乡村老妪，跌倒在弥漫着书卷气的潇湘馆前，却醉卧在了怡红院，把酒后令人作呕的一面释放在大观园最奢华绮丽之所、贾府最尊贵的公子贾宝玉的私密之地——卧室。尽管是醉酒后的无意识行为，玷污了宝玉的床铺却是事实。刘姥姥骨子里谈不上对权贵的蔑视，不会刻意为之，但结果极具讽刺。到贾府打秋风，地位远不及贾府奴仆的刘姥姥，做了贾府众人想都不敢想之事。

没有居住在大观园的贾政是贾府正统的核心，身为元妃的父亲，他的感受自然与院落不违，但居住者未必成全他的感受。

贾政初到蘅芜苑的反应是"此处这所房子，无味的很"，等看到"许多异草……味芬气馥，非花香之可比"时，不禁笑道"有趣"，及至感觉"比前几处清雅不同"时叹道："此轩中煮茶操琴，亦不必再焚香矣。"此处让平日里颂圣、训子的贾政有了煮茶、操琴、焚香的兴致，果然异香有奇效，冷香丸的"巧"与"贵"，很能拨动人的神经。此处由清客引出古诗"蘼芜满手泣斜晖"，却隐去了下一句"闻道邻家夫婿归"。"终不忘，世外仙姝寂寞林"的贾宝玉并没有始终"空对着，山中高士晶莹雪"，他中途离场了。

但此时，宝玉写出了"吟成豆蔻才犹艳，睡足荼蘼梦也香"，倒是宝玉常态。只闻荼蘼香，不知春去也。

院里、院外如此风格迥异的地方住进了品格端方的薛宝钗，这与"罕言寡语，人谓藏愚，安分随时，自云守拙"的薛宝钗写出"好风频借力，送我上青云"的诗句倒也异曲同工。而煮茶操琴似乎与她无关，她掩住"淘气"，只做该做的"针黹纺织"之事，进贾府后的第一次正式出场是"坐在炕上做针线"。她在怡红院最惹眼的事件是在第三十六回，宝玉挨打后卧床，她来探望，袭人借故离开，她坐在熟睡的宝玉床边，看见袭人留下的针线活，"因又见那活计（宝玉的兜肚）实在可爱，不由的拿起针来，替他（袭人）代刺"那个"上面扎着鸳鸯戏莲的花样"的"白绫红里的兜肚"。平时她藏起天性，做着那个时代的女性典范，此时，她以典范的方式展露真情，她不是无情，只是将真情隐于无情中。

第四十回，贾母带众人并刘姥姥游览大观园，本来黛玉常年哭泣的潇湘馆应是凄苦之地，在众人看来却是"两边翠竹夹路，土地下苍苔布满"，只觉清幽与安静。而蘅芜苑，还未进院便"觉得阴森透骨，两滩上衰草残菱，更助秋情"，透着残酷与凄苦。到了宝钗"雪洞一般，一色玩器全无，案上只有一个土定瓶中供着数枝菊花"的房间，没有了当年贾政感受到的意趣，院外的阴森冰冷绕过奇草仙藤漫进了屋内，冷香丸中的"冷"留在了屋内，"香"停在了屋外。难以想象这是那个扑蝶、写诗、解戏文的少女宝钗的住处，贾母的评价是"房里这样素净，也忌讳"，宝钗把自己活成了李纨而不自知，偏被贾母说破。她辜负了煮茶操琴的好居所。

宝钗雪洞样的房间很少留有他人的印迹，似乎只有湘云和香菱两人才让这里有了生机与灵性。第四十九回，香菱学写诗，湘云教写诗，两人"没昼没夜高谈阔论起来"，直惹得宝钗笑道"我实在聒噪的受不得了"，她没兴致参与少女们的游戏。

第七十八回，宝玉因寻黛玉"又至蘅芜苑中，只见寂静无人，房内搬的空空落落的"，宝钗走了，把"冷"留在了蘅芜苑，寒意凄凉下，"香"也凝固了。

大观园因元春省亲而起，承的是皇家之责，却也不忘民间事。"居庙堂之高，则忧其民；处江湖之远，则忧其君"，贾家的样子做得很足，不仅有富丽的天仙宝境，还有农家风光的稻香村，黄泥筑矮墙，嫩条编青篱，杏花映茅屋，佳蔬间菜花，难怪贾政说："倒是此处有些道理。固然系人力穿凿，此时一见，未免勾引起我归农之意。"

但宝玉不以为然："此处置一田庄，分明见得人力穿凿扭捏而成。远无邻村，近不负郭，背山山无脉，临水水无源，高无隐寺之塔，下无通市之桥，峭然孤出，似非大观。争似先处有自然之理，得自然之气，虽种竹引泉，亦不伤于穿凿。古人云'天然图画'四字，正畏非其地而强为地，非其山而强为山，虽百般精而终不相宜……"村无邻、山无靠、水无源，既不能隐寺，也不能通市，非地强为地，非山强为山，是人力拟天力而为，一处无根无基、无支撑无防护的田庄落在那里，留下难以修复的漏洞，终将陷入危局。大观园连着皇家、官家，又强行加上了农家，皇室中人、官场中人、民间之人，被一所园子串在一起，从繁华之地走到了虚妄之所，危局潜伏在富丽堂皇之中，衰落隐藏于花繁叶茂之下。而承载贾府未来的贾兰竟居如此凶险之地，作者的伏脉真是无处不在。

归农是中国传统文人的理想境界，追求的是回归自然的安宁，也是心灵最后的归宿，贾政却在危局之象中生出此意。第二十二回，他在"原应叹惜"的灯谜中看到了四姐妹的命运，此时却没悟出其间的连环危局。宝玉看出玄机，只是"未及说完，贾政气的喝命：'又出去！'"不管贾政认不认同，也只能将宝玉又出去，否则如何收场？

第七十四回，众人公开谈论抄检大观园之事就是在李纨居住的稻香村，首先呈现的是主仆间行为方式的改变。李纨没有胭脂，丫鬟素云便把自己的拿给尤氏用；小丫鬟炒豆儿弯腰而不是跪下来捧一盆温水让尤氏洗脸。如果说贾琏、贾珍、秦可卿、尤氏姐妹等人的行为是失范的话，李纨房中则失序了。位尊者权威削弱，位卑者行为越矩，家族秩序、家庭伦理毁于细微处，末世中的衰落于无序失范中加速着家族的毁灭和家庭的解体，这种行为出自"以理自守"的李纨房中，道出贾府严格秩序的消解。

第三回，黛玉刚到贾府，就突出了黛玉常听母亲说的"他外祖母家与别家不同"，这里的不同不仅仅是衣食住行体现出来的富贵，更有长幼主仆间不可逾越的礼仪规范，所以王熙凤的出场让人尤为侧目。黛玉正与贾母等闲聊，"只听后院中有人笑声，说：'我来迟了，不曾迎接远客。'黛玉纳罕道：'这些人个个皆敛声屏气，恭肃严整如此，这来者系谁，这样放诞无礼？'"未见其人，先使闻声，王熙凤破了女子"行莫回头，语莫掀唇，喜莫大笑，怒莫高声"的立身之则，被黛玉冠以"放诞"之名。李纨屋里板正的规矩在主仆间的日常互动中消散于无形，不能低估，更不能排除涟漪效应的影响。除了贾母房中，大概无人严格遵守礼仪秩序行为规范了。从贾珍为秦可卿僭越办葬礼，到王熙凤弄权铁槛寺，等等，贾府早已弃规矩如敝屣，只是借李纨之地展现，借丫鬟之口说出罢了。连最守礼之人都轻慢着礼，贾家焉能不没落。

查抄大观园后，宝钗告知众人去意，李纨对宝钗说："你好歹住一两天还进来，别叫我落不是。"宝钗说："落什么不是呢，这也是通共常情，你又不曾卖放了贼。"是宝钗少见的严厉。"探春道：'很好。不但姨妈好了还来的，就便好了不来也使得。'尤氏道：'这话奇怪。怎么撵起亲戚来了？'探春冷笑道：'正是呢，有叫人撵的，不如我先撵。亲戚们好，也不在必要死住着才好。咱们倒是一家子亲骨肉呢，一个个不像乌眼鸡，恨不得你吃了我，我吃了你！'"查抄大观园点燃了矛盾，稻香村众人的一番言论将矛盾明朗到个人，宝钗无法置身事外，只能离开。大观园女孩儿离散、青春逝去的迹象留在了稻香村。李纨是避是非之人，却避不开姐妹们发泄出来的恨和怨；稻香村不是决策之地，却承担了决策后果，决策者对此却懵懂无知。

紧接着是凸碧堂凄清的中秋月夜，凹晶溪馆寂寞的吟诗联句，贾府再无能力支撑虚假的繁华，富贵的根基已然破碎。贾府中人已无力兴欢喜之事，热闹的心绪已被平灭。中秋之夜，虽是"自己骨肉齐全"，但团圆温暖之意无存，贾母"不觉长叹"，只能以酒压凄凉，以笛驱冷清，于若有似无的乐声中欣赏素月的雅致了。

之后司棋、入画离开贾府，晴雯抱屈而亡，芳官归了水月，迎春误嫁中山狼，及至惜春出家、探春远嫁、黛玉逝去，大观园的女儿们尽数离散。"槁木死灰一般"的李纨作为贾府媳妇，是贾府衰落的亲历者、姐妹命运的旁观者，亦是自身悲剧的哀悼者。

随着宝钗的离开，大观园开启了寒凉模式，草木凋零下，终成衰草枯杨、陋室空堂。是谁方唱罢，又是谁登场？终究是逃不过的宿命，躲不掉的哀伤。

大观园的春夏秋冬承载了红楼儿女的喜怒哀乐，随着贾府败落众儿女离去，曾经的欢乐与温暖，曾经的伤情与落寞都零落成泥，随风而散。

素　言

经济学博士、教授。

先后于西北大学、北京大学和美国斯坦福大学求学、访问。

闲来野足，穿山过水，走街串巷，偶有所悟。

代表作《素言》《素雨》等。

图书代号　WX23N0400

图书在版编目（CIP）数据

别猜了，就是一本小说 / 素言著 . —西安：陕西
师范大学出版总社有限公司，2023.10
ISBN 978-7-5695-3875-5

Ⅰ . ①别… Ⅱ . ①素… Ⅲ . ①《红楼梦》评论
Ⅳ . ① I207.411

中国国家版本馆 CIP 数据核字（2023）第 172870 号

别猜了，就是一本小说
B IE CAI LE，JIU SHI YIBEN XIAOSHUO

素言　著

出版统筹	刘东风　郭永新
责任编辑	宋媛媛
责任校对	高　歌
书籍设计	李　瑾　孙智威

出版发行	陕西师范大学出版总社
	（西安市长安南路 199 号　邮政编码：710062）
网　　址	http://www.snupg.com
印　　刷	陕西龙山海天艺术印务有限公司
开　　本	787mm×1092mm　1/16
印　　张	21
字　　数	230 千
版　　次	2023 年 10 月第 1 版
印　　次	2023 年 10 月第 1 次印刷
书　　号	ISBN 978-7-5695-3875-5
定　　价	128.00 元

读者购书、书店添货或发现印装质量问题，请与本公司营销部联系、
调换。电话：(029) 85307864　85303629　传真：(029) 85303879